人妻囮捜査官

桜井真琴
Makoto Sakurai

イースト・プレス 悦文庫

目次

人妻囮捜査官

第一章　ギャルママを狙う指先

1

「奥さん、めっちゃ美人じゃないすか」

神崎愛花と小栗純也がソファに座って待っていると、金髪のチャラい男が入ってきて、愛花を見るや大げさな手振りで褒めだした。

その視線は愛花のVネックニットの胸のふくらみ具合を探り、腰のくびれ、デニムのショートパンツから伸びるムッチリした太ももに絡みついて離れない。

「旦那さんがうらやましいっスねえ。もう毎晩ヤリまくりでしょう？」

チャラ男が向かいに座る。

若い。大学生みたいだ。顔も可愛い感じだから、かなり遊んでいるのだろう。

純也に話しかけながらも、視線は愛花に向いたままだ。

「私が……美人なんて、ねえ、あなた」

愛花は頬を赤らめて、「美人だ」と言われたことに謙遜している演技を見せているが、本当は自分を世界一キレイだと思っている。

夫役である純也をちらっと見て、妻役の愛花ははにかんだ。

純也はふいをつかれて、ドキッとした。

格好はギャル妻でも、夫に対しては貞淑そうな人妻を演じている。

さすがベテランの囮捜査官。演技がうまい。

純也は美貌の捜査官を改めて見つめた。

切れ長で涼やかな目。

スッと通った高い鼻筋。厚くて濡れたピンクの唇。

肩までのセミロングの栗髪はさらさらとして、小麦色の健康的な肌は滑らかで美しく、三十二歳のシングルマザーには見えない美貌と色香に圧倒される。

それに加えてニットの胸元は大きく盛りあがり、ほっそりした腰にムッチリしたヒップを持つ、かなりグラマーな体型である。

純也は愛花の同僚、フーハン所属になって半年の新米捜査官。

だが、今でも緊張しまくりだ。

なにせ、その昔「公安の女豹」と言われていた凄腕の美人捜査官なのである。

チャラ男が名刺を差し出した。

《アダルトビデオ制作　Gプロ　兼定大樹(かねさだだいき)》

ペラペラの紙の安っぽい名刺だ。本名なのだろうか。

「いいっすねえ奥さん。ギャルっぽいけど初々しくて。じゃあ、さっそくインタビューから撮りましょうか」

男が部屋から出て行くと、愛花が肘で小突いてきた
「純也くん、ちょっと緊張しすぎ。妻をAVに出演させて小遣い稼ぎするっていう、ろくでもない旦那役なんだから。もっとへらへらしてないと」

「は、はあ……」

「それに金は欲しいけど、妻は愛してるって体でしょ？　もっとくっつかないと」

そう言って、愛花が左腕にギュッとしがみついてくる。

（おおうっ！）

ピンクの薄いニット越しに、愛花の胸のふくらみが押しつけられて、純也は軽く勃起(ぼっき)した。

でかいっ。しかも、ふにょっ、としてマシュマロみたいに柔らかい。

思わず照れると、

「なあに赤くなってるのよ。もうっ、しっかりしなさいよ」

愛花の右手が、ズボンの上からふくらみを撫でてくる。

「あらあ。あんた、デカくない？」

うっとりした上目遣いに見つめられて、フル勃起してしまう。

甘い女の柔肌の匂いがたまらない。

とにかく愛花は、いい匂いがするのだ。

「仲いいっすねえ。もうこのままハメ撮りでもやっちゃいます？」

兼定が戻ってきて、卑猥(ひわい)な指のポーズを見せてくる。

そして、兼定に続いて入ってきたハンディカメラを持った男もチャラい。

「さあてと、確認しますね。旦那さんの目の前で他の男に奥さんが抱かれる、いわゆる寝取られモノってヤツですからね」

愛花が泣きそうな不安げな表情の演技をする。

「あ、あの……一回だけですよね。夫が、どうしてもって……」

純也も頑張って演技する。

「寝取られって興味あるし。出演料はすぐにくれるんだよな」

クズ夫を演じると、愛花が目で「それでいい」と合図してきた。

「もちろんっすよ。大事な奥さんを抱かせてもらえるんだから、五十万。もちろん奥さんの顔もモザイクですし」

兼定がへらへら笑う。

しかしこれはウソだとわかっている。モザイクなんか入れるわけがない。

このところ、アダルトビデオに対する新しい規制法ができて、ＡＶ業界が逼迫したために正規メーカーの力が弱り、渋谷や新宿の半グレ集団がやっているアングラＡＶが台頭してきたのだ。

それを取り締まることになったのが《フーハン》だ。

フーハンは正式名称を風紀犯罪非合法捜査室。

裏では警察組織と繋がっている組織であるが、表向きはその名の通り非合法であり、法律上、存在しない組織だった。

「奥さん、お名前はなんでしたっけ。年齢も」

兼定が言いながら、ハンディカメラで撮影する男の後ろに下がった。

カメラのレンズが愛花を狙う。

「あ、愛花です。三十二歳」

本名に実年齢。このへんは偽名を使うほどでもないって判断なのだろう。

「結婚してどれくらいなんすか」

「えーっと、二年かな」

愛花がこちらを見てきた。

細かな設定は考えてなかった。覚えておこう。

「どうすか、奥さん。これから旦那の前で、他の男に抱かれる気持ちは？」

ニタニタしながら兼定は言葉で煽る。

カメラが愛花の顔に寄る。

愛花が羞恥で顔を赤らめて狼狽える。たまらない仕草だ。萌える。

「正直……不安です」

「そうっすよねえ、わかりますわかります。で、奥さん、今日の下着の色は？」

「えっ……」

恥ずかしい質問をたたみかけられて、愛花が戸惑った声を出す。

さすがにふいをつかれたらしい、美人の凄腕捜査官の素の表情に見えて、それが可愛らしい。

「赤……赤かな……」

「いいっすねえ。勝負下着っすか？　ＡＶに出るから？」

愛花が軽く頷きながら、目の下を赤くする。

兼定はククッと笑い、

「赤かあ……ちょっと見せてもらえます？」

「えっ？　今ですか？」

「もちろん。少しずつ慣れていかないと」

愛花がこちらをチラチラ見て、せつなそうな顔をする。

演技だろうが、やはり興奮してしまう。

（ど、どうするんだろ……）

愛花はしばらく逡巡(しゅんじゅん)していたが、やがて仕方ないという素振りで大きくため息をついてから、ニットの裾をめくりはじめる。

（ぬ、脱ぐの？　囮捜査なんだろうから脱ぐだろうけど……おおおうっ！）

下乳が見えた。

ブラジャーは、ワインレッドの高級そうなデザインだ。半分ほど見せたところで愛花はニットをまくるのをやめて、頬をバラ色に染める。

それがまるで焦らしているみたいで純也も昂ぶってしまう。

「うほっ。すげえ。ねえ旦那さん、奥さんのおっぱいって何カップなんすか」

「八十八センチのFカップ」

条件反射でホントのサイズを答えてしまった。

愛花がこちらを睨(にら)んでくる。

(ひっ)

スリーサイズはたまたま愛花のプロフィールを見たから知っていたのだ。

「Fカップっすかっ。すごいっすね。もっとめくってくださいよ」

男に煽られるまま、愛花がニットを肩まで一気にめくりあげた。

たゆんっ、と赤いブラジャーに包まれた、Fカップバストが揺れ弾みながらあらわになる。

(こんなのAVでも見たことないよ。愛花さん、なんて身体(からだ)をしてるんだ)

グラビアなんかやったら、一気にトップを張れるだろう。

「どうすか、旦那さんの前で知らない男たちにおっぱいを見せている気持ちは」

兼定がさらに煽る。

彼女は両手でニットをめくりながら、羞恥に目を伏せて、

「は、恥ずかしいです」

愛花が真っ赤になって、こちらを見てきた。

もう演技だろうが、なんだろうが、たまらなくなってきた。

キャリア警察官がこんな場所に飛ばされて、まさか伝説の「公安の女豹」のおっぱいを拝めるとは。

「いやあ、すごい。ちなみに奥さんって、どんな性癖なんです？」

と、純也が訊かれた。

「え？」

狼狽える。

愛花の性癖なんて知るわけがない。

だけど仲睦まじい夫婦を演じているのだから、知らないというのも、ちょっと違う気がする。

困ったなと思ってたら、愛花が目を細めてきた。

おそらく「なんか言え」というプレッシャーだろう。

「そうっすね。人前だと興奮するっていうか、ドM気質かな」

適当に言うと、愛花が肘をつねってきた。まずい。これ以上おかしなことを言うと、あとで殺されるので黙っておこう。

「ドM？　へええ、こんなに美人なのに、人前で興奮するマゾなんてねえ。いやあ、エロいっすねえ。ＡＶにぴったりじゃないすか。じゃあ竿役を呼びますね」

兼定が「おーい」と呼ぶと、ブリーフ一枚だけの男が入ってきた。

顔つきはオタクっぽくて華奢だ。なのに、ブリーフの股間はすでに異様なほど盛りあがっていて、先っぽが白ブリーフからハミ出してしまっている。

「こちら男優の森田くん。奥さん、男優さんって初めて？」

「えっ、ええ……」

愛花が恥じらいながら、目をそらした。だがその前に、男の股間をうれしそうに眺めていたような気がしたが、気のせいだったか。

森田がなれなれしく愛花の隣に座る。

「ねえ監督、この奥さん、ホントに素人さん？　仕込みじゃないの？」

監督と呼ばれた兼定が首を横に振る。

「ホントに？　奥さん、もしＡＶやる気なら間違いなくトップ取れますよ」

男優は本気で愛花に心酔しているようだ。

ブリーフの股間がビクビクしている。マジでデカい。なんとなくオスとして負けた気分になる。

「じゃあ、さっそく。旦那さん、いいっすね」

男優が念押ししてくる。

「あ、ああ……存分に。可愛がってやってくださいよ」

クズ旦那っぽく振る舞う。

男優は愛花の肩に手をまわし、ゆっくりと顔を近づけ、いきなりキスをした。

純也の目の前で、憧れの人が唇を奪われた。同僚というだけで別に特別な関係はないのだが、嫉妬の気持ちが湧いてくる。

(うわっ……マジか!)

「ううんっ……い、いやっ!」

キスをほどいた愛花が、嫌がった声を出してこちらを向いた。

普段は高飛車な表情が苦痛に歪み、切れ長の目に涙が浮かんでいる。素晴らしい演技だ。

だが、そんなことはお構いなしと、男優は抗う愛花を押さえつけながら、唇を被せていく。

「……ぅんんっ……だめっ……んんっ……」

愛花は抗うが、さすが男優は慣れたものだ。

抵抗をうまく交わしながら、愛花の胸のふくらみをまさぐりつつ、さらにはショーパンから伸びた、三十二歳のギャルママ捜査官の、すらりとした小麦色の生脚を撫でていく。

（ああ、愛花さん……）

目の前で最愛の女性が穢されている……のは、ちょっと興奮してしまう。

「フフッ。ギャルっぽくて軽そうに見えるけど、意外にお堅いんですねえ。旦那さんの前でヤラれるのはつらいんですかね。燃えますよ」

男優は言いながら、また愛花の唇にむしゃぶりつく。同時に愛花のわずかに開いた唇に舌を入れたのが見えた。

すぐに、ねちゃ、ねちゃ、と唾液の音が届いてくる。

「んふんっ……んううんっ……」

愛花は困ったように眉をひそめて涙ぐんでいるものの、先ほどとは違って吐息が色っぽくなり、男の身体を無理に引き剝がそうとしなくなった。

さすが百戦錬磨の男優だ。

女の扱いは完璧で、その気にさせるのがうまい。

同時に愛花のブラ越しの乳房が、好き勝手に揉まれていた。

（くっそ……愛花さんが、こんな連中におっぱい揉まれるなんて……）

口惜しいが捜査中だ。中断などできるわけはない。

何度も違法サイトに連絡し、ようやくコンタクトが取れたのだ。

こいつらが新宿の半グレ組織なのはわかっている。あとは証拠をつかむだけである。ここまでやったのだから、必ず捕まえると意気込んでいると、

「あっ、いやっ！」

男優の手が愛花の背にまわった。

ブラジャーのホックを簡単に外すと、ぶるんっ、と愛花のお椀型の乳房がまろび出て、純也は目を見開いた。

2

（おおお……）

想像していたおっぱいよりも、はるかに愛花の乳房は巨大だった。

大きすぎて身体の横にまでハミ出している。

乳輪が大きくて色は薄ピンク。トップはしっかりと上を向いている。

(うわあ、愛花さんのおっぱい見えた。ラ、ラッキー!)

と思いつつも、旦那役なのだから平然としていると、

「ああん、いやあ……」

愛花が涙目で、イヤイヤと首を振る。

男優もカメラマンも、愛花の垂涎のFカップ美乳に釘づけだ。

どんな揉み心地なんだろうと興味津々の純也の前で、男優は愛花の片乳をすくいあげるように、じっくりと揉みしだいていく。

美人捜査官のFカップバストに男の指が沈み込み、美乳はいびつに形を変えていく。見ているだけでおっぱいの柔らかさが伝わってくる。

「すげえ……でかくてこんなに柔らかいのに、しっとりしてもちもちで……」

男優は鼻息荒く、ねちっこく揉み続けると、

「いやっ……あっ……あっ……」

愛花は嫌がりつつも、ついにはビクッ、ビクッと腰を揺らして、うわずった声を漏らしはじめた。

むぎゅ、むぎゅ、と形をひしゃげるほど、男がさらに白い乳房に指を食い込ませると愛花はせつなげに眉を寄せる。

悩ましい縦ジワを刻んだその表情から、興奮していることがありありと伝わってくる。

三十二歳のシングルマザーの色香が、ムンムンと立ちのぼって、もはや演技とは到底思えぬほど愛花の表情が色っぽく見える。

さらに男の指先が乳頭部を這い、乳首をそっとつまみあげると、

「あっ……あンッ」

甲高い女の声が漏れて、愛花が顎をそらす。

「おほう……旦那さんの前なのに、乳首が硬くなってきましたね」

「あんっ、だめっ。違うわ……そんな……」

イヤイヤする仕草も、先ほどより小さくなっている。もしかしたら男優の愛撫によって愛花が本気で感じてきたのかも……。

続けざま、男優が身体を丸めて、ソファに座る愛花の薄ピンク色の乳暈に舌を這わせて舐めまわしはじめた。

「あっ……あっ……だめえ……」

首筋に汗をかきながら、愛花は、びくん、びくんと身体を震わせる。

男優はさらに舌を伸ばして、愛花の乳首を交互に舐めまわす。乳輪ごと口に含んで吸い上げると愛花は、

「ああんっ……ああっ……はああんっ……」

と、甘く喘いで、腰をかすかにくねらせはじめる。

「ククッ、奥さん、いい反応ですよ。ホントは触って欲しいんですね」

男は愛花のデニムショーパンのボタンを外し、ファスナーを下ろした。

「あっ、だめっ！」

愛花が真っ赤になってデニムパンツを押さえるも、男は力を入れてするりと引き下ろしていく。

ブラとおそろいのワインレッドの高級そうなパンティがあらわになる。

腰は細くてくびれているのに、ヒップや太ももの付け根は三十路の元人妻らしく脂が乗って、なんともいやらしい。

「あはっ。奥さん、ホントにいい身体してるなア」

男優はソファの上で愛花を押し倒す。

愛花の頭が、座っていた純也の太ももの上に乗った。

三人掛けのソファで、愛花は大股開きにされて、パンティの上から男優に性器をいじられている。

「ああ……あなたあっ……見ないでっ」

膝の上にいる愛花が、カアッと顔を赤らめて顔を横にそむける。

夫婦のフリだというのに猛烈に興奮してしまう。勃起した。愛花が純也をじろっと下から睨みつけてくる。

（だ、だって……仕方ないじゃないですか。憧れの美人捜査官が、こんな大股開きでおっぱいも揺らして……）

見れば、男優が愛花の左右に開いた両足の付け根をじろじろと眺めている。

「奥さん、シミができてるよ。ホントは欲しいんでしょう？　ちょっとおっぱいをいじっただけでこんなに濡らして……」

「い、いやあんっ……だめっ、だめっ……」

愛花が両手で隠そうとするも、男はその手をつかんで愛花を押さえつける。

「たまりませんよ、奥さん……」

男の手がパンティにかかり、するりと引き下ろしていく。

「だめっ、いやっァアア！」

愛花は抵抗するも、爪先からパンティを抜き取られて、さらにピンクのニットも首から抜かれ、ついに生まれたままの姿にされてしまう。

（あ、愛花さんが裸にっ……！）

小麦色の健康的な肌と、グラマーで柔らかそうな男好きする肢体に、もう旦那役も忘れて、純也もじっくり見つめてしまった。

「子どもを産んだのに、キレイなもんですねえ、奥さん」

男優の男が再び愛花の脚を開かせて、秘めたる部分を覗き込む。

純也も首を伸ばす。

漆黒の恥毛の奥に、ピンクのワレ目が見えた。

（おおう！　愛花さんのおま×こっ……！）

人妻らしく色素の沈着はあるが、それがまた生々しくていやらしかった。

サーモンピンク愛らしい小ぶりのスリットの奥は、透明な汁でぬらぬらと濡れ光っている。

「ほんとだ。キレイだなあ、すごいっすね」

監督役の兼定も鼻息荒くしながら、愛花の股間に近づく。カメラマンがかなりの接写で愛花の恥ずかしい部分を撮影している。

「ああんっ、や、やめてっ……」

愛花が真っ赤になって身をよじる。

もしかして、本気で恥ずかしがって嫌がっているのでは……と思うが、本当にいやだったら、こんな男たちなど軽くたたきのめしているだろう。

（そ、それにしても……囮捜査って、どこまでやるんだ？　本番行為をつかまえるっていうんなら、まさかホントに最後までヤル気じゃ……）

不安になってきた。

男優はさらにエスカレートし、愛花の濡れた割れ目に指を這わす。さらには兼定まで参戦して愛花のおっぱいを揉みはじめた。

「たまりませんよ……奥さんっ……ああ、いい匂いだ。チーズの発酵みたいな発情しきった奥さんの匂い……」

恥部に顔を近づけた男優が、くんくんと嗅いでから、舌を這わせていく。

「あっ……いやっ……！」

愛花はビクンと震えて顔をそむけた。

しかし、腰はうねり続けている。男の舌が気持ちいいのだ。

「……だめっ……だめっ」

彼女は何度も顔を打ち振るものの、男の舌が動くたび、ビクッ、ビクッと震えてしまい、それが頭を乗せた純也の太ももに伝わってくる。

次第に愛花の抵抗は弱まっていき、切り長の目が潤みはじめる。

陰唇はもうすでに大量の蜜でぐっしょり濡れて、狭間から太ももの付け根までお漏らしのように蜜がしたたっている。

男優はニヤニヤ笑い、指で愛花のおまんこを左右にくぱあっと広げてから、舌を伸ばして赤い果肉をねろーっと舐めた。

「ぁああ……あああっ……」

愛花は気持ちよさそうにのけぞり、開ききった脚を震わせる。

さらに男が何度も舌を走らせれば、

「くううっ！」

と、必死に唇を噛みしめ、純也の腕をギュッとつかんできた。

愛花が潤んだ瞳を向け、眉間（みけん）に縦ジワを刻み、ハアハアと甘ったるい吐息を漏らしている。

息が詰まった。

美人捜査官の感じきった顔は、ＡＶ女優ばりにいやらしく、エロかったからだ。

「んんっ……んんっ……ああんっ。いやあん、だめっ……もう、もう……」

ガマンできなくなったのだろう、愛花が潤んだ瞳を男優に向けた。

「んふふっ。欲しいんですね。じゃあ旦那さん、奥さんをいただきますよ」

男優がペニスをつかんだ。

愛花の濡れ溝に切っ先を押し当てて……！

3

「って、ワケよ。さいてー！」

愛花は腕組みしながら、デスクで小さくなっている純也を見下ろし、大きなため息をついた。

「す、すみません……で、でも……あのままだと愛花さん、生でヤラれて……」

「あのねえ。挿入する直前に男の腕をひねりあげたわよ。私の力をまだ信用できないの？　また稽古(けいこ)つけてあげましょうか」

純也が青い顔をした。

先月、入ってきたばかりの純也を柔道で軽く可愛がってからは、一緒に稽古することを断られ続けている。

「あーあ。あそこまでいったのに」

もう一度ため息をついた。

先ほどの潜入捜査のことである。

もう少しで本番強要……と思っていたら、急に旦那役の純也が、

「挿入だけはナシにしてくださいっ！」

と、いきなり男たちに言い出したから、どっちらけになって、そのまま撮影は終了してしまったのだ。ちなみに尾行はまかれてしまい、アジトも見つけられなかった。

「あの半グレたちの集団って、なかなか尻尾を出さないのよ。ようやくコンタクトが取れたってのに……」

ＡＶの新しい法律ができてから、健全なＡＶメーカーはみなつぶれて、路頭に迷ったＡＶ女優がアングラの闇動画サイトに移動するという、本末転倒が起きている。

その闇動画サイトの最大手をつぶそうとしたのだが……。

「しかし、半グレたちがよく途中でやめたなあ」

室長の牧田が言う。

確かにそうだ。半グレたちは容赦がない。

特にあの兼定とかいうチャラ男……。

金髪にピアスで一見、軽そうな遊び人といった風体だった。

だが……あの男からは血の臭いがした。

そんな男たちが、旦那が「やめて」と言って適当なところでやめるなんて、確かにおかしい。あのまま無理矢理レイプされても……。

「もしかして愛花さんがキレイすぎて、もうここまでの撮影で充分元が取れると踏んだのでは……？」

純也がおずおずと意見した。

なかなかいいことを言うではないか。

若い捜査官の頭を撫でてやると、隣の席でパソコンとにらめっこしていた野崎岬が、フンと鼻で笑った。

「なによ、その態度。次はあんたが行きなよ」

岬はマグカップに口をつけながら、首を振る。

「無理ですよ、私じゃ。愛花さんみたいに声をかけたらホイホイついていきそうな尻軽女の雰囲気は出せませんから。あーあ、うらやましいなあ」

岬がいつものように皮肉を言う。

ムッとして、デスクにあった消しゴムを投げたら見事にキャッチされた。

「もうっ、子どもじみた攻撃やめてください」

「うっさい。もうエステの割引チケットあげないからね」

「そのエステの代金、経費で落としてるの、室長に言いますからね」

牧田が呆れた顔をした。

「必要経費よ。囮捜査は身体が資本だもん」

「だったら、日頃からお手入れしてください。アソコのハミ毛をエステティシャンに切らせるなんて」

「なっ！　誰に訊いたのよ。あの店のオーナー？」

「さあ？」

岬は眼鏡をくいっとズリ上げて、パソコン画面に目を落とす。

（くっそー、ホントにこの子は……）

こしゃくだが、岬は有能なのは間違いない。

そして口惜しいが、かなり可愛い。

眼鏡を取れば童顔だから、二十九歳の人妻には見えないのだが、クリッとした大きな目とストレートの黒髪で、日本人形みたいな美しさだ。

「まあまあ。でもまあ、ヤラれなくてよかったじゃないか」

牧田が言う。

「まあねえ……確かに」

「ヤルなら、俺にしようぜ、そろそろ……なあ」

「何がそろそろよ」

熊みたいな室長が、いつものように軽口を叩いてきたので、咥（くわ）えていた煙草（たばこ）を抜き取ってへし折ってやった。

ろくでもない職場だが、これで給料はいいのだから仕方がない。

4

三日後。

兼定から連絡がきたので、先日と同じピンクのVネックニットと、デニムのショートパンツという格好で待ち合わせ場所に行った。

愛花だけでいいということだったので、純也たちは待機させている。

「じゃあ撮影場所に移動しましょうか」

喫茶店から向かったのは、夕方のラッシュで人のあふれている駅構内だ。

切符を渡されて、満員電車に乗ることになった。

「これに乗るんですか……？」

不安げに聞くと、兼定はアハハと豪快に笑う。

「普段の奥さんの行動を撮りたいんすよねえ。こっから終点まで、満員電車で大変っすけど、普通にしていればいいっすから」

「撮影するんですか？」

愛花が訊くと、兼定は唇に人差し指を当てて、しっ、とつぶやいた。

「ゲリラっすよ。ＡＶで撮影許可なんかとれないでしょう？　大丈夫ですって。駅名とか駅とか全部モザイクやピー音、入れますから」

電車がホームに滑り込んでくる。

すし詰め状態だった。

（こんなところで撮影って、できるわけないでしょう？　何を考えてるのよ）

そう思いつつ、後から押されて不快な人ごみの中を押し入っていく。

ドアの閉まる音が聞こえ、ゆっくりと電車が動き出した。

愛花は車両のほぼ中央だ。

まわりは背の高い男たちに囲まれて、つり革もつかめない。

(汗臭いし暑いし……満員電車って私、嫌いなのよね)

ため息をついたのと、腰のあたりに違和感を覚えたのは同時だった。

気のせいかと思ったら、今度は男の手のひらの感触をショートパンツ越しのヒップにはっきりと感じた。

(痴漢？)

愛花はなんとか顔をあげて左右を見渡す。

ふいにレンズが見えた。乗客の隙間(すきま)から小型カメラで撮影しているのだ。

(なあに？　痴漢シーンでも撮るわけ？)

ヒップを撫でまわしてくる男もそうだが、よく見ればサラリーマンに交じって、ジャージのようなものを着ている男たちがいる。

(許可とってないのに、見つかったらどうする気よ)

背後から男の手が、大胆に尻肉をつかんできた。

「うっ……」

愛花のヒップの丸みや肉づきを推し量るような、おぞましい手つきだった。

デニム生地を通しても、男の手のひらの熱気が伝わってくる。

男の手の動きは大胆だった。

愛花が声を立てないとわかってるから、これほどあからさまに触れることができるのだろう。

(ああ、もうやめてよ……)

満員電車というだけで不快なのだ。

その上、公衆の面前でイタズラされるなんて、撮影であってもお断りだ。

まったく……それならそうと撮影前に説明すればいいのに……。

「んっ！」

愛花は声をあげそうになり、慌てて唇を噛みしめてうつむいた。

ヒップ全体を撫でていた指が、尻の谷間の感触を楽しむかのように、なぞってきたのだ。

(気持ち悪いったら……もうっ……)

愛花は男の指を振り払うように腰をよじりたてた。

それでも指は蠢動を続ける。痴漢男の興奮した荒い息が髪にかかる。

「フフッ。奥さん、たまんないケツしてるねえ」

背後から耳元でささやかれた。

「ああんっ……やめて……やめてください……こんな撮影は聞いてないわ」

身体を触られるくらいなら覚悟しているが、一応は抵抗しておこう。

「言ってないもの。ゲリラだよ、ゲリラ。声は出さないでね」

他の男の声も聞こえた。痴漢役は複数いるらしい。

と、そこで先日のことを思い出した。

純也が「愛花はドM」と言ったときのことだ。

(はは一ん。だから痴漢シーンなワケね)

嫌だけど、もう適当に受け流して終わらそう。

そう思ってうつむいていると車内がガタンと揺れた。今度は別の手がスッと伸びてきて、太もものあわいに差し込まれる。

「くっ……」

愛花はとっさに太ももを締めつけた。

それでも男は力任せに、愛花の内ももを撫でまわしてくる。ゾッとする感覚に爪先が震えた。

（ああン……ちょっとマズいかも……やり過ごせないわね、これ）

愛花は形のよい眉を歪（ゆが）め、甘いため息を漏らす。

気がつくと、スーツではなく、カジュアルな服を着た男たちに取り囲まれていた。前から後から、欲情した股間が押しつけられ、いやらしい手が伸びてくる。

（いやっ……やだっ……ちょっと！）

必死に腰をよじるも、男たちの手は執拗（しつよう）だった。

5

電車がカーブにさしかかり、大きく揺れた。

背後から男の手が腰に伸びてくる。あっという間にデニムショートパンツのフラップボタンが外され、ファスナーも下ろされてしまう。

（なっ、何するのよっ！）

まさか脱がされるとは思わず、慌てて手で押さえようとするも、両脇にいた男たちがそれぞれ、愛花の手をつかんで背にまわしてくる。

（あっ！）

両手を後ろ手にまわされ、その隙にショートパンツが膝まで引き下ろされてしまい、ラベンダー色のパンティがあらわになる。

(ちょっと！　待ちなさいよ……ゲリラ撮影で、ここまでするの？)

電車の中でパンティ一枚にされるなんて……恥ずかしくて顔が赤くなる。

男たちを睨みつけるも、みな薄笑いを浮かべているだけだ。

全員がマスクをしているが、目が笑っているのだ。

(ウソでしょ。痴漢どころじゃないわ。一体どこまでする気なのよ……まさか、電車の中で、最後までする気じゃないでしょうね)

そんな素振りを見せたら、全員捕まえてやる。

電車に乗る前に純也の姿は見えている。ふたりでなんとか全員捕まえて……。

と考えていたのだが、それよりもとにかく男たちの手が気持ち悪い。

「やめて……もう……」

愛花はうつむきながら、小声で男たちを非難した。

このまま電車の中で服を脱がされて、指や舌でイタズラされ……最後には犯されて……そんな見世物になるつもりはない。

そのときだ。

「ンッ？　……ムゥウゥ！」

後ろから男の手がニュッと伸びてきて、愛花の口を塞いだ。

「ムゥゥ……ウウ」

愛花は目を動かして、後ろの様子をうかがった。

背後の男がククッと笑っている。

(何する気よ……)

両手は背中にまわされ、大きな手で口も塞がれている。

おまけにまわりを男優たちに囲まれては、金髪のギャルが痴漢されてところが乗客には見えない。

脚を閉じようにも、前後の男たちがそれぞれ片足ずつ、愛花の脚に絡ませていて動けないようにされている。

(これもうレイプじゃないの……)

ふいに前にいた男が、愛花の目の前に指をちらつかせた。

人差し指には白いクリームのようなものが、たっぷりと塗られている。

(な、何よ、それ……？)

愛花は眉根をひそめて、男を見つめる。

「ククッ、気持ちよくなるクスリだよ。奥さん。まだ開発途中だけどな」

ドラッグへの耐性には自信があるが、やはり得体の知らない物質を体内に入れられるのはいやだ。

どうしようかと思案していると、男は慣れた手つきで愛花のパンティのクロッチを横にズラし、秘部に直接クスリを塗り込んできた。

「んぐぅぅぅ！　んぐ！」

男の指が膣をまさぐる気持ち悪さ。

それに、正体不明なおぞましい物体を入れられた感覚に、身体が震えて全身が総毛立った。

「奥さん……締まりがいいじゃないかよ」

ヒヒッと笑いながら、男はおま×こを指でじっくりいたぶってくる。

口を手で塞ぐ男、両手を後ろ手にひねって拘束する男……みな興奮してきたのか鼻息がかなり荒い。

(いったい何人いるのよ。全員捕まえられるかしら)

痴漢をされながら愛花は周りを見渡す。

だが、冷静でいられたのはここまでだった。

膣内に塗られた冷たいクリームが、ジワッと熱を帯びてきた。

熱い。

アソコが熱を帯びて、しかも尋常ではない搔痒（そうよう）感が襲ってきて、かゆくてたまらなくなってくる。

さらには酩酊（めいてい）感だ。

アルコールを飲まされたように、目の前がぐるぐるまわる。

脚がふらつき、意識が薄くなっていく。なのに身体はさらに敏感になって感じやすくなっていくようだった。

（な、なんなの……この感じは……）

ドラッグに耐性のある愛花ですら、この有様なのだから、そこらで売っているような代物ではないはずだ。

（おそらく非合法のヤツね。これだけでも挙げられるわ）

証拠が増えた。

ラッキーと思いつつも、アソコの痒（かゆ）みとともに蜜壺がズキン、ズキンと熱く脈動するのがまずいと焦る。

発汗して、甘ったるい汗の匂いが強くなる。

乳首も疼き出した。触られてもいないのに物欲しげに尖りはじめたのがわかる。

（いやあん……身体が変になってきた……マジで油断したわ）

ただ立っているだけなのに汗だくになってきている。

「へへっ、感じてきたんだろ、奥さん」

痴漢役の男たちが調子づいてきた。

乗客に見えないように周りを取り囲みながら、マスクをしたままニタニタ笑っているのがわかる。

「たまんねえよ。おま×こが熱くなってきやがった」

痴漢の指が、にゅるんと一気に奥に潜り込む。

「んうぅんっ……」

痛みはなく、ゴツゴツした指が膣内にスムーズに入ってくる。

おぞましい。なのに、身体がとろけてしまいそうなほど気持ちいい。

「こりゃすげぇ……奥も締まるなア。おまけにもう濡らしてきやがった」

ピチャ、ピチャ、ピチャァッ。

いやらしく指が出し入れされるたび淫音が聞こえ、発情した甘ったるい匂いが身体から立ちのぼってくる。

6

金髪ギャルが、男たちにつかまって、手足も口も塞がれて痴漢されている。
だが乗客たちはそんな異変に誰も気づかない。
痴漢役の男たちが見えないように、愛花を取り囲んでいるのだ。
「しっかし、おっぱいもおっきいよねえ、奥さん」
男が後ろからニットもめくりあげ、ブラカップをズラして乳房を揉みしだいてきた。
（ちょっと、やりすぎっ……）
慌てて身体を揺するも、乳首をつままれると、
「んっ！　くぅぅぅぅ」
愛花は歯を食いしばり、首にくっきりと筋が現れるほど激しく喘いでしまう。
（やばい、気持ちいい……ダメッ、どうにかなる……）
わなわなと身体が震える。
必死に身体をよじらせながら、愛花は目を伏せて唇を嚙みしめた。

ガタンと車両が揺れた。愛花はバランスを崩しそうになり、後ろに体重をかけた。

その隙をつかれた。

薄ピンクのパンティがくるくると丸められて、ズリ下ろされたのだ。

(あああっ、恥ずかしいことしないでよ)

脚は強引に開かされているので、丸まった下着が太ももに絡みついたまま、ピーンと張った。

これで金髪ギャル妻は満員電車の中だというのに、両手両足をつかまれ、口も塞がれたまま下半身を丸出しにされた。

上半身も、おっぱいを露出させられている。

恥ずかしくて逃げたいのに、強いドラッグのせいで酩酊状態。

(足元もおぼつかないわ、ヤリたくなってくるわ……)

そう、ヤリたいのだ。

いやなのに、身体の奥底では男の逞(たくま)しいもので突っ込んでもらいたいという感覚がある。なんというイヤな効き目のドラッグだろう。

「へへっ、相変わらず色っぽいケツしてるね、奥さん。どうだい、このままＡＶ

女優になったら」

若い声。この前の男優だろう。

「見た目は金髪ギャルだけど、性格はウブな感じってのがいいな。しっかし、いい女だなあ」

「ああ、単体のAV女優なんて目じゃないぜ。奥さん、稼げるぜえ」

痴漢役たちが、口々に適当なことを言う。

(当たり前じゃないの。あんたたちが触っていい身体じゃないんだからね。ああもう！　なんか腹立ってきた。なんで痴漢ごっこなんかしてるのよ、私)

と思いつつも、こういう男たちを放ってはおけない。裏のAVルートに誘い込み、女性を骨までしゃぶるクズどもに虫唾(むしず)が走るのだ。

(絶対に一網打尽にしてやるから)

そう思うのだが、男たちの手が太ももを撫で、尻たぼをつかんで、さらには乳首も性器もいじられると意識がとろけてしまう。

(くすぐった……い……んっ……んくっ)

ゾッとするような薄気味悪い愛撫なのに、ピクン、ピクンっ、と身体を震わせてしまうのが口惜しくてたまらない。

（だめっ、だめよ、こんなの……）

　いやなのに腋窩に汗をにじませ、三十二歳のシングルマザーの熟れきった身体は反応し、甘い汗と柔肌の匂いをムンムンと発してしまうのだ。

（いい加減にっ……もう触るなっ、このスケベども！）

　罵倒したかった。だが、

「んぅぅ……んぐぅぅ！」

　相変わらず口を手のひらで塞がれたままで、悲鳴すらあげられない。

　電車内でほとんど素っ裸にされながら、抵抗していたのだが……。

（ああっ！）

　二本目の指が、ズププッと膣奥に差し込まれた瞬間、腰がとろけて力が入らなくなった。二本の指で膣をかきまぜられるのが、気持ちよすぎるのだ。

「ヒヒヒ。子どもがいるわりに、おま×こがキツキツじゃねえか」

「へへっ。尻も最高だぜ。スベスベのムチムチだ。奥さん、たまんねえよ」

（アアッ……触らないでッ……だめっ）

　イヤなのに、もっとしてほしかった。

　全身をメチャクチャにしてほしい。

「乳首もこりこりしてるぜ」

「尻の穴もいいな。なかなかの締めつけだ」

「いいなあ、たまんねえよ……なあ、奥さん、イクって言えよ」

男たちが嘲り笑う。

（バ、バカなの……私が、そんなこと言うわけないでしょうッ）

イヤイヤすると、男が左右の乳首をキュッとひねりあげてきた。

「んんんん！」

愛花はくぐもった声を漏らして、背を大きくのけぞらせた。

二本の指が、さらに激しく膣をかきまわしてくる。

ピチャ、クチュ……クチュ、ピチャ、ピチャァッ。

（あっ……あっ……だっ、だめぇ……）

目頭が熱くなり、瞳に涙がにじんだ。もう身体がコントロールできない。

猛烈な勢いで指を出し入れされると蜜があふれ、快感が押し寄せる。

（だ、ダメッ……気をしっかり……こんなドラッグ、き、効いてないっ）

だが真っ白い何かが、頭の中を埋め尽くしていく。

（あうっ……むぅんっ！　ら、らめ……いや……いひゃぁっ……）

金髪ギャルが昇りつめそうになった。

そのときだ。男の指が抜かれ、代わりに硬いものがワレ目に押しつけられる。

「フフ、欲しいんだろ。電車の中でヤるのは最高だぜ」

あの男優の声だ。

今度こそレイプするつもりだ。

愛花は最後の力を振りしぼって、口を塞いでいた男の指にかみついた。

（ふざけないでよ。そんなことさせるか！）

「いてえ！」

男の声が満員電車に響く。

そして、ほとんど素っ裸の愛花を見て乗客がざわついた。

そんな好奇な視線は無視して、愛花は純也に向かって大声で怒鳴った。

「黒いスカジャン！　赤いニット帽！　紫のキャップ！　それにデニムに紺のパーカ！　大きなピアスの茶髪！　ヒョウ柄の上着！　純也くん、聞こえた？　全部で七人よ。ひとりも逃がさないで。クスリも所持してるっ」

早口でまくしたてる。

車内がざわついた。

愛花に指摘された格好の男たちが逃げようとする。

車内がパニックになった。

だが愛花は痺れきった身体で、乗客をすり抜け、痴漢の男たちにボディブローを食らわせていく。

「な、な、なんだよっ、一体……」

最後につかまえたのは男優の森田だ。

「あなたたち。逃がさないわよ。撮影にかこつけて女を食い物に……薬物所持に強制ワイセツ……裏ルートを潰してやるから」

男優が目を見開いた。

「お、俺、知らねえよ……監督が……」

逃げようとしたので手首をひねった。

「ぎゃあ」

「兼定はどこなの？　アジトは？」

と訊くが、すでに男優は泡を吹いて白目を剝いていた。

第二章　囮捜査の罠

1

三月下旬。

東京の桜の開花は、例年より少し遅いらしい。

最近流行のドーナツショップは、若い女性で混雑していた。

愛花も五分ほど待たされたが、なんとかテラス席に座ることができた。天気がいいからテラスがいいなと思っていたのだ。

コーヒーを飲んで注文して待っていると、ドーナツの甘い匂いが漂ってきた。

まわりの女の子たちは、色とりどりのカラフルなドーナツをパクついている。

(真人(まさと)に買っていこうかな)

金髪ギャルの格好で、危険と隣り合わせの囮捜査官ではあるが、素は一児の母親である。

二十歳の時に産んだ息子は、もう十二歳。思春期真っ盛りだ。

真人には捜査官の話はしていない。

だが、薄々ではあるが、危険な仕事をしていることはわかっているようだ。十二歳はもう大人なのである。

それでも真人は特に母親の仕事に口を出してこない。

母親に無関心、ということではなく、心配しつつも信頼してくれているような気がする。そのへんは亡くなった夫譲りだろうか。

彼は捜査官の仕事には理解を示してくれた。

夫が亡くなったのは四年前。

そこから女手ひとつで育てたからか、息子は同世代の子たちと比べると、かなり大人びている。

囮捜査で帰れないときなど、亡くなった夫の母親が真人の面倒を見てくれているものの、寂しい思いをさせているという自覚はある。

もっと勤務時間の短い仕事にすればいいのに、それでもやはり女性を食い物にする奴らを許せないのだ。

(まあ給料がいいのも、あるけどね)

お土産でも選ぼうかと思って席を立とうとしたら、皿にドーナツを山盛りにした小太りの男と目があった。

「あっ、もしかして愛花さん？」

男がうれしそうに言った。

肌がつるつるで真っ白い。丸くて白くて雪だるまみたいだ。

「そう……だけど。あなたが林くんの代理？」

男は愛花のテーブルに座り、グフフと気味悪く笑う。

鑑識の林に先日のドラッグの分析を依頼したのだが、別の男が代理で行くと言われて、待ち合わせていたのである。

「そだよ。いやー噂通り、ホントに美人だねっ。それにおっぱいが大きくていいなあ。八十八のFカップって感じ？」

サイズがぴったり合っていてゾッとした。

「そんなに睨まないでよ、怖いなあ。美人だから怒ると余計に怖いよ。よしりんの言ってたとおりだなあ」

丸っこい男は言いながら、早くもドーナツを食べはじめた。

一口で大きなドーナツの半分がなくなった。

「よしりん？」

「えーと。林くんのこと。林義人で、よしりん」

「はあ、なるほど。で、おたくは？」

「僕？　川辺だよ。よしりんと同じ鑑識。よろしくね」

マッドサイエンティストの林に輪をかけて、変なのが現れた。

鑑識には変わった人間しかいないんだろうか。

「神崎愛花よ」

「うん、知ってるよ。公安の女ぎつね」

「女豹っ」

ムッとして、思わず中二病的な通り名を、自分からさらしてしまった。

超恥ずかしい。

「あれ？　愛花さん、食べないの？　ここのドーナツ美味しいのに」

「結構よ。それで、わかったの？」

「まだわからないよ。でも多分、オールドファッションが一番じゃないかな」

「ここのドーナツじゃなくて、ドラッグのことよ！」

隣のカップルがこちらをちらっと見た。

気まずくなって、コーヒーカップに口をつけてから小声で言う。

「林くんに渡したドラッグよ。調べてくれたんでしょう？」

「ああ、そっち」

川辺は油のついた手を、チェックのジャケットの裾で拭(ぬぐ)って、ポケットから一枚の紙を取り出した。

「うーんと、ああ、これか。ガンマヒドロキシリボカクサンに……」

「ちょっと。私、成分なんかわからないわよ」

「要するに筋弛緩剤(きんしかんざい)と強力な睡眠導入剤が混ざってる。もちろん非合法」

「私、そういうドラッグには耐性あるんだけど」

「直接アソコに塗られたんでしょう？　直に注入されるのは、飲むよりより効くからねーって、何を怒ってるの？」

さらっと恥ずかしいことを言われて、雪だるまを睨みつける。

もっとも、川辺はどこ吹く風で、ひょうひょうと三個目のドーナツをもぐもぐと咀嚼(そしゃく)している。

「……で、どこからのヤツ？」

「フーハンにいたヤツが去年、押収品のドラッグを持ち出したでしょう？　あれのさらなるバージョンアップ版だね。でも未完成らしい」

「あれは全部押収したはずよ」

「聞いてるよ。でも回収しきれなかったんじゃない？」

思い出しても虫唾が走る。

愛花ですら、一度は堕とされてしまった強力なドラッグだ。

岬にも使われてしまい、男たちの玩具にされた。愛花は耐性がついたが岬はクスリを抜くのに相当苦労した過去がある。

「どこで精製されたのかしら」

「さあ？　それよりグフフ、愛花さん、どんな感じだったの？」

川辺がまん丸の目を輝かせて、興味津々で訊いてくる。

「……それが何か役に立つのかしら」

「ううん。僕の趣味。こんなキレイな捜査官さんが、アソコにドラッグを入れられて、どんな風に身体に変化ができたのかなあって……アソコが熱くなって、セックスしたくなったんじゃない？」

カアッと顔が火照る。

「知ってるじゃないの」

「知ってるけど、女豹さんの口から直接聞きたいんだもん」

グフフと笑いながら、川辺はまたドーナツにパクつく。

（それにしても、あのドラッグの改良版ですって？）

いなや予感しかしない。フーハンには今、愛花と岬、それに新宿北署から異動してきた桜田美緒（さくらだみお）に、ヘルプの文乃（あやの）がいる。

四人で調べれば何かわかるだろうか。

「ああそうだ。愛花さん、これから式場にいくんでしょう？　僕も一緒だから」

川辺がまたグフッと笑った。愛花は顔を曇らせる。

「なんで知ってるのよ。それにあんたは千佳（ちか）のこと知らないでしょ」

「岬ちゃんにも代理を頼まれたの」

「は？　あんた、岬のことは知ってるの？」

「うん。岬ちゃんの分の料理をただで食べられるなんて、最高」

雪だるまが、がめついことを言う。

今日の午後から、元同僚の捜査官であった皆藤（かいどう）千佳の挙式があるので、岬とともに出席する予定だったのだ。

「なんで岬は行かないのよ」

「ファッションブランドのパーティーに潜り込むことになったんだって。なんだっけ、ロイなんとか」

「え？　まさかロイボ？」

「ああ、それそれ」

ロイボといえば、誰もがうらやむイタリア発の超ハイブランドだ。

愛花は口を尖らせる。ロイボのパーティーなら私も行きたい。

「なんで私じゃないのかしら」

「セレブに見えないからじゃないかなあ？」

またムッとした。この雪だるまは思ったことを全部喋るらしい。

(岬ってば……あとで問い詰めてやる)

ため息をついていたときだ。川辺が「あっ」と声をあげた。

「そうだ。愛花さん、大丈夫だから。僕もポリスのコスチューム持ってきたからね。ふたりでいれば怖くない」

「はあ？」

愛花と岬は、余興でミニスカポリスのコスプレをすることになっていた。千佳のたっての頼みだったから断れなかったのだ。

「似合うだろうなあ。愛花さんのミニスカポリス。でも僕も負けないからね」

グフフと笑いながら、川辺がいつの間にかドーナツを平らげていた。

2

さすが世界の「ロイボ」だ。

銀座店のパーティーには赤絨毯(じゅうたん)が敷かれ、高級外車から降りてその絨毯を歩くのは見たことあるようなセレブな面子(めんつ)ばかりである。

それをメディアが取り囲み、一斉にフラッシュを浴びせる。

なんというか、異様な世界だ。

(ブランドは好きだけど、やっぱりこういう場所は苦手だわ……)

岬はため息をついた。でも土産に非売品ポーチをもらえるのがうれしい。

(千佳、ごめんね)

元同僚の結婚式より、パーティーを取ってしまった。

代わりにもう一個ポーチをもらって、それをあの子にあげてご機嫌を取ろう。

「岬さん」

小声で本名を呼ばれた。

近づいてきたのは小栗純也。新米捜査官だ。

可愛い顔をしているが、そのせいでスーツがまったく似合わない。

「……目立ちすぎですよ。みんな見てます」

「地味な黒のドレスなのに？」

「色は地味でも、その……エ、エッチです。清楚な人妻役なのに」

岬は名門大学助教授の才女「成川美咲」として潜入している。

大学には手をまわしているから素性は完璧。

ストレートの黒髪は、美容院にいってエレガントにカールしてもらった。

フレアミニスカートは、可愛らしくも上品な雰囲気で、ミニスカから見える太ももは頑張って生足である。ちょっと寒い。

ドレスのデコルテ部分は透けていて、胸の谷間が見えるセクシーなものだ。

可愛いと言われる岬であるが、今日は大人っぽいメイクで、清楚でありつつ上品セレブな人妻っぽい色香をムンムンと醸し出している。

「でも、目立つ方がいいんでしょう？　吉川に声をかけられるように。で、吉川ってどれ？」

「あそこにいます」

純也が指差した。

若い男がおっさんと談笑している。

長髪を後ろで縛っていて、いかにも遊び人といった風情だ。スーツを着ていてもカタギには見えない。

（あれね。確かにいかにもだわ……）

今回の囮捜査の目的は、大物官僚の息子、吉川弘（ひろし）を引っかけることである。

吉川は狙った女性を部屋に呼び、仲間内で女性を輪姦（まわ）して写真を撮って泣き寝入りさせるらしい。

それだけではない。

問題は、このところ立て続けに元グラビアアイドルや、元アナウンサーの人妻が行方不明になっていて、吉川が絡んでいると情報があったのだ。

どう引っかけようか考えていたときだ。

「あの、よろしいかしら」

「はい？」

振り向いた。

一瞬、誰かと思ったが、すぐにわかった。

野党の大物議員、汐川（しおかわ）ひろ子だ。その横には元ＡＶ女優の大室由里子（おおむろゆりこ）もいる。このところのＡＶ規制やらジェンダーの問題などで一躍脚光を浴びている人気議員である。フーハンを応援してくれている。室長の牧田と仲がいいのだ。

「成川美咲さんって、おっしゃったかしら？」

「あ、はい」

何の用だろう。

それにしても、汐川ひろ子はテレビで見かけるけれど初めて生でみた。

六十過ぎにしては、まあ若い……と思ったけれど、頬の張り方が妙に不自然な気がするが、気にしないでおこう。

「おキレイな方ね、確かＫ大学の助教授とか」

汐川は政治家らしい、柔らかい笑みを見せる。

「え、ええ」

「ねえ、いろいろお話ししてみたいわ。私たちの催しにいらっしゃらない？」

大室からチラシを受け取った。

《フェミニスト人権擁護の会。ＡＶ被害者を救え》

チラシには、聞いたことある弁護士や政治家の名前が羅列されている。

なるほど、こうやって人を集めているわけか。

「ごめんなさい、私、こういう活動って疎くて」

できるだけやんわりと断ったつもりだった。

汐川の顔が一瞬だけひどく強張った。が、すぐにまた満面の笑みに戻った。

「残念だわ。でも気が変わったら連絡して」

汐川はそう言って、丁寧に頭を下げてから去っていく。

（あー、怖かった）

ちょっと脇汗が出た。

「キレイですねえ……」

純也が汐川の後ろ姿を見ながら、つぶやいた。

岬は眉をひそめる。

「あの人、還暦過ぎてるわよ。キミのおばあちゃんくらいの年齢じゃないの？」

「どストライクです」

本気らしくて、ちょっと引いた。

「いやー、汐川さんの誘いを断るなんて、なかなかですね」

純也が離れると、ちょうど吉川が声をかけてきた。

見た目よりも雰囲気は爽やかだ。

吉川はちらちらと岬を値踏みするように見つめてきた。

胸のふくらみや、ミニスカートから伸びた太ももに視線が注がれる。

(まったく、いやらしいんだから)

吉川は名刺を出して挨拶してきた。こちらも偽名の成川美咲の名刺を出す。

「何か持ってきますよ。ワインとかどうですか?」

吉川がワイングラスを取りに、ケータリングがある場所に向かっていく。

「気をつけてくださいね、飲み物に何か混ぜてくると思います」

いつの間にかまた純也が近寄ってきて、忠告をしてくれた。

「わかってるわ。まかせて」

吉川の持ってきたワインを飲んだフリをした。愛花直伝の、飲んだ後にハンカチを口にあてて、そこにワインを含ませるやり方だ。

だが、そのやり方でも少量は口に入る。

ほんの数滴だから、別にかまわないと思っていたのだが……。

身体が熱くなり、くらくらしてきたので岬は驚いた。

(なっ……何これ……)

思い出したくもないが、以前にもドラッグを注入されたことがある。

あのとき……身体が熱くなって、男の人のモノが欲しくてたまらなくなり、何も考えられなくなった。

そのおぞましい感覚が襲ってきて、岬はハアハアと息を大きくついた。

口が痺(しび)れてうまく喋ることができない。

(ウソでしょ？　こんなのを全部飲んでたら、間違いなく記憶が飛んでいたわ)

数滴でこの有様である。

瞼(まぶた)が重い。このまま昏睡(こんすい)してしまいそうだ。

「大丈夫ですか？」

ぼんやりした視界の中、吉川が顔を覗き込んできた。

(あっ、いやッ……)

アソコが熱い。

何もされていないのに、膣内がぬるぬるしているのがわかる。

パンティが湿った感触があって、恥ずかしかった。おそらくシミができるほどぐっしょり濡らしているに違いない。

それに汗だ。発情したときの甘ったるい汗の匂いがする。

（くうう……気をしっかり持つのよ、岬。わずか数滴よ。というか、純也くんはどこなのよ）

ぼうっと見ていると、純也は汐川と話している。ウソでしょう。

岬は胸を押さえてふらついた。

「大丈夫ですか？　奥に休む場所がありますから」

吉川が腰をつかんできた。岬を支えるようにして歩き出す。パーティー会場となった店の奥に入っていくようだ。

（このまま私を拉致するつもりかしら……純也くん、ホントに頼んだわよ）

ぐったりしているのは半分演技で、半分は本当だ。身体に力が入らない。

そのとき、あっ、と思った。

お土産をもらいそこねた。入り口のところに紙袋があった。あの中にロイボ非売品ポーチが入っているはずだ。

3

「見られてないでしょうね」

ミニバンの運転席から倉田が顔を出し、ニヤニヤ笑った。

「あたりめえだ。こんな上玉だぜ、いつもより慎重にやったさ。早く出せ」

吉川が言い返すと、ミニバンがゆっくりと発進する。

ジャケットを脱いでネクタイを緩めながら、吉川はフルフラットにしたシートの上に横たわる魅力的な獲物を見つめた。

成川美咲か。Ｋ大学助教授。とんでもない美人妻だ。

「しっかし、すげえ可愛いっすね。寝顔だけでも充分可愛いってわかりますよ」

横にいる岩橋も、吉川と同じように興奮している。

「アイドルみてえだ。目を開けたところが見てえなあ」

仲間ウチで一番若い亮太も、鼻息を荒くする。

「ほらよ。さっき撮ったやつだ」

盗み撮りした美咲の動画を、ふたりに見せてやる。

岩橋と亮太が「おおおっ」と感心した。

「超可愛いじゃないすか。めっちゃタイプっすよ」

「やべえな。アイドルでもトップクラスだ」

興奮するのも無理もない。吉川もひと目みた瞬間にドキッとしたくらいだ。

元グラビアアイドルに、元アナウンサーの人妻も拉致ったことがある。

どれもテレビや雑誌で見る以上に美しかったが、今、ここで意識を失ってぐったりしている奥さんは、それ以上の美貌だ。

静かな寝息を立てる人妻をまじまじと見つめる。

ミドルレングスのつやつやした黒髪が、平台の上で扇のように広がり、ミニバンの室内照明に照らされて、キラキラと絹のように輝いている。

キュートなのに、人妻らしい成熟した色香がムンムンと漂っているのがまたたまらない魅力である。

黒いドレスのミニ丈の裾は大きく乱れ、白くてムッチリした太ももが半ばまでのぞいている。

ストッキングを穿(は)いていない生脚なのに、肌はシミひとつない。

ドレスの透けている部分から見える胸のふくらみは、仰向(あおむ)けでも悩ましく盛りあがり、スースーという可愛らしい寝息に合わせて上下している。

「可愛いのに、やけに色っぽいっすね、この奥さん」

「スタイルがいいからだろうな」

吉川が言うと、ふたりがイヒヒと笑う。

「細いのに、おっぱいデカいよなあ。FとかGとかありそうだもんなあ」

「この奥さん、いくつなんでしたっけ」

訊かれて、スマホに書き留めた資料を見た。

「えーと、二十九歳か。育ちのいいお嬢様だってよ」

その言葉に、ますますふたりは色めき立った。

「可愛い奥さんの正体は、インテリでセレブなお嬢様っすか。こりゃあ犯りがいがありますね、ヒヒッ」

岩橋がスマホを取り出して、ぐったりしている美咲の全身を撮影しはじめる。

「旦那以外の男とヤりまくり。それも悪くない人生かもよ」

運転しながら、倉田が口を挟んできた。

「確かにな。このムチムチの身体じゃあ、旦那だけじゃ持て余すだろ。他の男に抱かれるのも悪くねえだろうな、特にこの尻なんか」

吉川がスカートの上から、人妻のヒップの丸みを撫でた。

（おおっ）

想像以上の肉づきのよさに驚いた。

吉川はさらに夢中になり、美咲のドレスの生地越しにぐいぐいと指を食い込ませる。柔らかいのに弾力がある、たまらない揉みごたえだ。

「この奥さん、いいケツしてるぜ。バックから突き上げたら最高だろうな」

「縄とかも良さそうだなぁ、この白い肌に縄が映えそうだ」

亮太が人妻の口元を指でなぞる。

いつもより饒舌（じょうぜつ）なのも、この人妻が最高ランクの極上の獲物だからだ。

（くっ、売るのが惜しいぜ。その前にたっぷり楽しませてもらうけどな）

意識を失ったこの奥さんを素っ裸にひん剝き、好きなようにできると思うと股間がますますいきり勃（た）つ。

「どんな身体をしてるんだろうな。早く裸にしてみたいっすよ」

「落ち着けよ。しかし、どんな風に旦那に可愛がられたら、こんなにエロい身体になるんだろうな」

「そのへんは、この身体にたっぷり訊いてやりましょうよ」

三人でイヒヒと笑った。

吉川は美咲の寝顔を覗き込んだ。

近づいただけで、甘ったるい柔肌の匂いがプンと香って、くらくらする。

念のために頬に手で触れてみる。

もちろん何の反応もない。気持ちが高揚する。

「ククッ、奥さん。これからその色っぽい身体を、たっぷり楽しませてもらうからな。俺たちみんなで、とりあえず朝までだ」

意識がない女に言葉をかけても意味はないのだが、口にすることで興奮を煽らせることができる。

これからこの美しい人妻は意識のない間に、見ず知らずの男たちに好き勝手され、ダッチワイフに成り果てるのだ。

「さあて、どんなパンティ穿いてんのかな」

吉川がミニ丈のドレスの裾をつまみ、少しずつまくりはじめる。

一気には剝かず、じわじわと焦らすように脱がせていく方が興奮する。なにせアイドル張りの美しさだ。一気に素っ裸にさせるのは惜しい。

「は、早く見せてくださいよ」

亮太が股間のふくらみを撫でながら、かすれ声で言う。

「まあ焦るなって」

言いながら、ドレスの裾をゆっくりたくしあげ、太もものきわどいところまでいくと、

「う……んっ……」

人妻の赤くなった美貌が揺れ、眠たそうな声が漏れ聞こえてくる。

「目の下が赤くなってるぞ、この奥さん」

「眠っていても、恥ずかしいのかな」

煽りながら、人妻のドレスの裾を太ももの付け根までまくりあげる。

可愛い顔には似つかわしくない、意外に充実した肉感的な白い太ももと、その付け根に食い込む白い布地が目に飛び込んでくる。

「ひゅうッ、清楚なインテリ奥さんの下着は白か。可愛い顔にお似合いだ」

「太ももムッチリ。色っぽいっすねえ」

成熟した人妻の色香がムンムンと漂っている。白いパンティに包まれた下腹部の妖(あや)しさに、女に慣れている男たちですら、唾を飲み込んだ。

「いい身体してるなぁ」

吉川は美咲の股間に顔を近づけて、くんくんと匂いをかいだ。

人妻の恥部のほのかなぬくもりと匂いに、ひりつくような高揚が身体の奥から湧きあがってくる。

「よし。脚を開かせろ」

吉川がうわずった声で命令する。

亮太と岩橋は頷き、眠っている美咲の上半身を起こし、左右から肩を抱いて支えながら、両足を大きく開脚させた。

「……やべえ。たまんねえな」

声がかすれた。

それほどまでに美咲のM字開脚姿がエロティックだったのだ。白いパンティが股間に食い込む様は、いますぐぶち込みたいくらい扇情的だ。

ハアハアと息を荒げながら、じっくりと美咲の股間を見つめる。

パンティのクロッチの部分がふっくらして、いかにも具合が良さそうだ。

これから自分が何をされるのか、そんなことはつゆ知らずといった安心しきった寝顔をさらしている。

なのに、パンティ丸出し。このギャップがいい。

吉川もスマホを出して、美咲の股間や寝顔を何枚も撮影する。

撮影しながら、中指を股間に押し当て、パンティの上からデルタゾーンをじっくりとなぞった。

「柔らけえな……肉厚だぜ」

レースの刺繍を施した高級そうな白いパンティの下に、どんな妖しい恥部が隠されているのか、想像しただけで股間が疼く。

「次はおっぱいといくか」

吉川の言葉に、ふたりの男たちがいよいよ出番だと色めき立った。

我先にと、人妻のドレスを脱がしにかかる。

「なんだこれ、脱がしにくいな。ボタンどこだよ」

「こういうたけえ服は、背中にあるんだよ」

ふたりで言い合いながら、人妻の上体を前屈みにさせる。

黒いドレスの背中にファスナーがあるのを見つけて腰まで下げると、まばゆいばかりの白い背中に肩紐のない白いブラがあらわになる。

ふたりがかりで人妻のドレスを剝いて上半身を裸にさせると、白いブラジャーに包まれた巨大なふたつのふくらみが現れた。

「うひょー」

「でけえな、マジかよぉ」

もう三人は興奮のるつぼだった。

抜けるような肌の白さに、シミひとつない滑らかさ。それにおっぱいがハーフカップブラから飛び出そうな迫力だ。

亮太がブラジャーのホックを外した。

ブラカップをたくしあげると、巨大な肉房が弾けるようにまろび出る。

「うひょう、でっけっ……エロい乳してんなあ」

「デカいけど、全然垂れてねえや。乳首も可愛いピンクだぜ。この奥さん……半端ないすっよ」

細い身体の横からハミ出るほどの巨大な乳房。

トップはツンと上向いていて、下乳にもしっかりと丸みがある。

大きめの乳輪に人妻とは思えぬ鮮やかな薄い桜色の乳首。

これほどそそる乳房にはお目にかかったことがない。

(何者なんだ、この奥さん……このルックスに、このスタイル……)

いつになく我を忘れた吉川は、興奮で震える指でバストを鷲づかみし、両手で搾(しぼ)るように下乳からすくいあげた。

「うおっ、すげえな……柔らけえ」

とろけるように柔らかく、指が乳肉に沈み込んでいく。形がひしゃげるほど揉みしだくと、乳房は指をはじき返して、ぶるるんっと揺れながら、すぐに美しいお椀に形を戻すのだ。

「いいパイオツしてるじゃねえか……最高だぜ」

気がつくと、夢中になって両手で揉みしだいていた。

「ううん……」

人妻の華奢な肢体がピクッと震えて、わずかに顎があがった。

しかし瞼は閉じられたままだ。愛らしい寝顔は唇がほんの少し開いて、淡い吐息が漏れている。

取り囲んでいる男たちは、顔を見合わせた。

「寝てんのに、感じてるんすかね」

「可愛い顔して、結構好きもんなんじゃないか？」

イヒヒと笑い合い、さらに揉んでいると、先端の艶やかなピンク色の乳頭部がわずかに尖りはじめてきたのを感じた。

「奥さん、乳首が硬くなってきてるぜ。感じやすいんだねぇ」

人妻の寝顔を見ながら、乳頭部を指でくりっと撫でると、

「ん……うぅぅん……」

人妻はくぐもった声を漏らして、腰をよじらせた。

眠っていながらも、わずかに息づかいが乱れている。

もうたまらなくなってきた。

硬くシコッた薄ピンクの乳首を、舌でねろねろと舐め、唇に含んでチュッと軽く吸い立ててやると、

「んっ……ううッ……」

悩ましい声が続けざまに漏れ出し、眉間にかすかな縦ジワが寄る。

さらにチュパチュパと音を立てて吸えば、人妻は「うっ……うっ……」と、胸を喘がせ、形のよい細眉を大きく曲げて苦しそうな表情で、何度も顎をせりあげる。

「マジで感じてるのかな、色っぽいっすね」

見ると人妻の腰が、軽くうねって持ちあがってきている。

M字に開いたままなので、白いパンティが丸見えだ。生々しい発情の匂いも強

くなってきている。

「いやらしいなァ、奥さん。腰が動いてるぞ……へへへっ、今から奥さんを素っ裸にして、おっぱいもおま×こも、たっぷり味わってやるからな」

眠っている人妻に話しかけてから、三人がかりで美咲の腰に巻きついていた黒いドレスを脱がしていく。

「すげぇ、マジでスタイルいいなあ、この奥さん」

「おお、腰とか、すんげえくびれてんのに、おっぱいやお尻はムチムチだぜ」

いよいよ純白のパンティに手をかけて爪先から抜き取り、一糸まとわぬフルヌードにした。

「おお……ッ」

「こりゃあ……」

服を脱がされ、ブラジャーとパンティを取り去った人妻の、脂の乗った女体を前に、男たちはもう声も出なかった。

スリムなのに肉感的で、どこもかしこも柔らかそうだ。

それに加えて、なんという肌の白さか。

（おお、た、たまんねえや……）

吉川は我を忘れて、意識のない美咲にむしゃぶりついていく。

夢中になって首筋や胸元や腕や腋窩など、そこかしこにチュッ、チュッと情熱的なキスを浴びせると、全身からは、ミルクのような柔肌の匂いとボディシャンプーの混じった甘ったるい匂いが強くなっていく。

それを見ていた亮太と岩崎も、ガマンできないとばかりに、素っ裸にされた美咲のボディに襲いかかっていく。

巨大なバストを指が食い込むほど強く揉みたて、硬くなった乳頭部を舌先でねろねろと刺激しつつ、つまみあげていく。

「うっ……あっ……」

美咲の歯列がほどけ、甘い声が漏れる。

やはり意識はなくても、感じてしまっているようだ。

そうして美しい人妻の汗ばんだ肌は、男たちの汚らわしいヨダレにまみれ、太ももにも乳房にも容赦なく男たちの手が這いわまって赤い痕がついていく。

興奮で頭が痺れてきた。

「キスしようぜ、奥さん」

吉川はいよいよ眠っている美咲の唇を奪った。

美貌の人妻との熱いベーゼは、天にも昇る夢心地だ。

もうこの人妻は俺たちのもんだ……そんな気持ちで、まさぐり、舐め尽くし、二十九歳の成熟した肢体を弄ぶ。

さらに、女が起きたときがまたいいのだ。

何をされたか覚えていない。だが確実に男たちに穢された痕跡は残っている。膣内の痛み、乳首の痺れ……そして、おま×こから流れ出る男の精液……。

想像するとますます興奮した。

吉川は身体をズリ下げて、いよいよ人妻の下腹部に顔を近づける。

「さあて、おま×こを見せてもらいますよ、奥さん」

ククッと含み笑いをしながら、吉川は人妻を卑猥なM字開脚させる。

恥毛の下に切れ目が広がっていて、赤い媚肉がのぞいている。

たっぷり愛撫を施したからであろう。ピンクの粘膜がぬらぬらと潤んでいた。

「使い込んでないじゃないか。キレイなもんだな……」

「へへ、寝ているのに、すげえ濡れっぷりだ」

男たちは笑い、大きく股を開いた人妻の恥部を、唾を呑んでしばし見つめるのだった。

4

(ああん、いやあ……)

岬は、あまりのおぞましさで全身を震わせた。

ほんの数滴、ドラッグ入りの飲み物をわずか数滴、口にしただけで、めまいがして意識を失ってしまった。

気がついたら見知らぬ男たちに囲まれていた。

手足が痺れているが、感覚だけは戻ってきている。

車で移動しているのがわかったので、事前に言われたとおり、吉川たちのアジトにたどり着くまで意識を失ったフリをすることにした。

ところがだ。

狭い車の中では、少しイタズラするくらいだろうと思っていたのに、男たちはガマンできなかったらしく、三人がかりで意識のないフリをしている岬に襲いかかってきたのだ。

ブラジャーを剝ぎ取られ、胸を露出させられた。

（くうッ……）

覚悟はしていたものの、恥ずかしいことこの上なかった。

「いいパイオツしてるじゃねえか……最高だぜ」

男たちに、いきなり強く乳房を揉まれた。

（ううう……い、いやっ……）

思わず、眉間に悩ましい縦ジワを刻んでしまった。

さらに、むちゃくちゃにおっぱいを揉みまくられると、

「ううん……」

と、声を漏らしてしまった。

焦ったのだが、

「眠ったまま感じてんのか？」

「可愛い顔して、結構好きもんなんじゃないっすかね」

バレなくてホッとしたものの、好き勝手言われてムッとした。

（そんなことないわよ……誰が好きものよ、まったくっ）

だが、たえられたのはここまでだった。

「あっ……」

たまらず、短い声を漏らし、ビクッと身体を震わせてしまった。

乳首の先端に、ぬらりとした生温かい不気味なものが押し当てられたからだ。

男の舌だった。

（ああ、いやあっ）

気持ち悪い……そう思ったのも束の間、男はさらにチュパチュパと音を立てて乳首を激しく吸い立ててきた。

（くううう……）

おぞましいほど執拗な乳首責め。

だがここで目を開けてはすべてが無駄になる。

ビクッ、ビクッと痙攣しつつも、あくまで無意識に感じてしまっているという演技をしなければ。

「奥さん、寝てるのに乳首が硬くなってきてるぜ」

嘲る言葉に、カアッと全身が熱くなる。

（違うわ……こんなに乱暴にされたら、誰だって反応しちゃうのよっ……）

足を開かされた。

パンティを丸出しにされたまま、乳房を乱暴に弄ばれる。

恥ずかしいのに反応してしまうのが哀しかった。

（ああん、もう……まだつかないの？）

いたぶられて限界が近づいてきた。

「いやらしいなァ、奥さん。腰が動いてるぞ。へへっ、今から奥さんを素っ裸にして、おっぱいもおま×こも、たっぷり味わってあげますよ」

何が面白いのか、男たちは昏睡している岬に、先ほどから何度もいやらしい言葉を浴びせてくる。

（裸にされるっ。あなたっ……ごめんなさい……）

岬はギュッと両目をつむる。

上体を抱き起こされて、黒いドレスを剝ぎ取られた。

パンティまで脱がされてしまう。

（ああッ……いやっ……）

身体が羞恥に火照るのをどうにもできない。

そんな火照った身体をさらに追い立てるように、男たちはムッチリしたヒップをぐいぐいと揉みしだいてきた。

深い尻割れに舌を入れられて、排泄穴まで丹念に舐められた。

その間に乳房を痛いほど揉みしだかれ、乳首をヨダレまみれにされてしまう。

「んっ……ううんっ……」

わずかに声を漏らしたときに、昏睡キスをされた。

無理矢理に舌を入れられて、口中をたっぷりと舐めまわされる。恥ずかしい部分をスマホで撮影されたのも音でわかった。

(私は捜査官なのよ。岬、頑張るのよ)

なんとか寝たフリを続けようと岬は必死だった。

なのに、その固い意志を打ち砕くように、仰向けに戻されると、今度は両足を大きく開かされた。

(あッ、あッ……あああッ！)

恥辱のM字開脚だった。顔がカアッと熱くなる。

開かされた脚の付け根に男たちの熱い視線が集中するのが、目をつむっていてもわかる。

じっくりと恥部を覗き込まれている。死ぬほど恥ずかしい。

なのに、その部分が熱くなって疼いてしまう。

しかもだ。

男の手が伸びてきて、大きくワレ目をくつろがされた。

（いやっ！　見ないでっ……いやぁぁ！）

ある程度は覚悟していたものの、これほどまで恥ずかしいポーズをとらされ、膣内までしっかりと覗き込まれるとは……。

（ああ……あなたぁ……）

内部を観察されている。しかも、濡れてしまっている。

恥ずかしくて生きた心地もしない。大きく開かされた岬の両足は、ガクガクと羞恥に震えてしまう。

（もう、もういやっ……アアッ！）

恥辱のポーズをとらされたまま、今度はクリトリスを愛撫された。

（アアッ……そ、そこは、いやッ……！）

悲鳴を漏らす代わりに爪先がヒクヒクと痙攣した。

感じまいとするものの、二十九歳の人妻の肉体は男たちの乱暴な愛撫に反応して子宮を疼かせ、また奥から熱い新鮮な花蜜を噴きこぼしていく。

「また濡れてきたぜ。やっぱ眠ったままでも感じているんだなあ、奥さん」

「ンンッ……」

膣内に指を入れられて、顎が自然にクンッと上がった。

男の指が膣内をかきまぜる。

さらに天井のざらついた部分もまさぐられた。

「うっ！　あ、ああんっ……」

感じてしまう。

もうこらえきれなかった。

ぬちゃ、ぬちゃ、と恥ずかしい音が立ち、岬は思わず目をつむったまま腰をせりあげてしまう。

(だ、だめっ……アアッ、お願い、もうやめてッ……！)

達してしまいそうだった。

こんな卑劣な男に気をやらされるなら……いっそ目を開けて……。

そう思ったときに、ようやく車が停まった。

「よし。運んで、中でじっくりと楽しもうぜ」

男たちに身体を持ち上げられた。

素っ裸のまま外気に触れる。そのときだ。別の車が猛スピードで入ってきて急ブレーキをかけた音がした。

見えた。

「な、なんだ」

男たちがひるんだ様子を見せる。目を開けると、純也が車から降りてくるのが
(今だわっ)

岬は大きく暴れた。まさか急に動くとは思わなかったらしく、男たちが面食
らって岬を地面に落としてしまう。

(いったあっ！)

腰を地面にしたたかに打ったが、さすっている暇はない。

すぐに男たちの股間を連続で蹴り上げた。

「ぐッ」

「ギャッ！」

「ぐわわ」

男たちがうずくまったので、そのまま頭を蹴り飛ばしてやる。すると吉川を含
めた三人の男たちは、そのまま伸びてしまった。

愛花の特訓が役に立った。このところ確実に強くなっているとわかる。

「うわっ、眩しい」

あとはミニバンを運転していたヤツだ。と、見たら、すでに純也と他の捜査官たちがその運転手をとらえていた。

（やったわ、全員確保っ）

あとはこのアジトをガサ入れすればいい。大物官僚の息子とはいえ、現場を踏み込まれてはもみ消し不可能だろう。

ホッとしていたときだった。

「岬さんっ！　後ろっ！」

純也が叫んだ。

誰かが背後にいる、と思った瞬間だ。

背後から手が伸びてきて、口に布きれをあてられた。

（え？　な、何……後ろに誰かいた？　まったく気づかなかったっ……）

甘い匂いがする。

おそらく睡眠薬だ。吸ってはいけないと息をとめて必死に藻掻（もが）くものの、背後にいるのは屈強な男なのか、びくともしない。

「いらっしゃーい。捜査官の岬ちゃーん。噂通りだ、可愛いねえっ」

背後から陽気な声でささやかれた。

（なっ！）

しまった。バレてる。

藻掻きながら肩越しに背後を見た。

耳にピアス、金髪のチャラ男。

（ま、まさかっ……これ……兼定大樹？）

先日の潜入捜査で、愛花がひとりだけ取り逃がした男がいたと訊いている。

その特徴がこの男と同じなのだ。

（まずいわ……もしかしたら、兼定と吉川とつながっていた？）

背筋に冷たいものが走る。

あの愛花ですら、ヤバいと感じた男だ。

自分の力では到底太刀打ちできない。とにかく逃げないと。

「ムウウッ！　ウウッ」

焦りが呼吸を乱してしまった。甘い匂いを吸ってしまう。

（だめっ……岬、しっかりして……）

薄れゆく意識の中、捜査官たちも別の男たちに反撃に遭っているのが見えた

……。

第三章　美少女捜査官の真実

1

「やーん、キレイじゃないのっ」

　海の見える小さな教会。

　愛花は新婦の控え室に行き、元同僚である皆藤千佳のウエディングドレス姿を見て目をキラキラ輝かせた。

「愛花さんにそう言ってもらえるなんて……でも、愛花さんもお似合いですよ、そのミニスカポリス」

　千佳が満面の笑みを見せる。ムッとした。

「あんたが余興でやれって言ったんじゃないの」

「えー、だって、見たかったんだもん」

　千佳が大きな目を細めて、イタズラっぽく笑う。

「あんたねえ……私、もう三十二よ。恥ずかしいのよ、こんな短いスカート。パンツ見えちゃうじゃないの」

「大丈夫。いつものショートパンツだってきわどかったんですから。たまに見えてましたよ、下着とか。うっわー、エグいの穿いてるなあって」

あっけらかんと千佳が言う。

こういう憎まれ口も久しぶりだ。

皆藤千佳は、岬の前に愛花とコンビを組んでいた捜査官である。

二十二歳の若さで入ってきたお転婆娘は、すぐに先輩である愛花に喧嘩で挑んで返り討ちにされた。

名の知れたヤンキーで腕っぷしに自信があり、ひとりである町のレディースを壊滅させ、それで鑑別所にいたときに、ちょうど視察していた牧田と出会い、なぜかスカウトされたという異色の捜査官なのである。

「あのクソ生意気な元ヤンが、こんなにキレイにねえ。馬子にも衣装だわ」

「元がいいんです、元が」

千佳がウエディングドレス姿で胸を張った。

胸を強調するドレスだから、大きな谷間がやたらと目立つ。

千佳のウエディングドレスは「パニエ」という下着を使用し、スカート部分にふんわりとボリュームを持たせたプリンセスラインというものである。

豪華で品があり可愛らしい、その名の通りお姫様のドレスだ。

そして、そのドレスに負けず劣らず、千佳は可愛らしく美しかった。

「ホントにキレイよ」

愛花が静かに言うと、千佳は瞳を潤ませて頷いた。

少し茶色がかった栗色のショートヘアをふんわりとアレンジし、キラキラした銀色のティアラと薄いベールで飾っている。

とても神聖で清らかな花嫁だ。

大きくて黒目がちなぱっちり目は、ちょっとタレ目で、ぷくっとした唇とともに、岬よりもさらに童顔の可愛い系である。

だが今日は、大人っぽいメイクをしていることもあり、セクシーで大人の色香をムンムンと漂わせていた。

同性でも嫉妬するくらいだ。見ているだけでドキドキしてしまう。

(よかった……やはり、この子は辞めさせて正解だった)

愛花は結婚しても捜査官を続けていたが、千佳も同じように結婚しても捜査官を続けたいと言ってきかなかった。

岬もそうだし、美緒も文乃も人妻捜査官だ。

それは個人の自由だから、いつもは辞めろとは言わない。

だが千佳は……とにかく不器用で、正義感が強すぎた。とても結婚生活と捜査官の両立はできそうもないと思ったのだ。

2

「ああ、よかった。間に合った」

愛花が控え室から出て、海でも見ようかと教会の玄関を出たところで、黒いパンツスタイルのすらりとしたスタイルの美少女がやってきた。

「マリ！　久しぶりじゃないの」

声をかけると、マリは訝しんだ顔をした。

「愛花さん？　あの……二次会は今日じゃないデスけど……」

ミニスカポリスの格好を見たら、そりゃ、そう思うだろう。

「千佳が着ろって言ったのよ。花嫁の願いだったら断れないでしょう？　あの女、人生の一大イベントに私を辱めにかかるんだから、たいしたタマだわ」

まったく、面倒でもイチイチ説明しないと、海の見える素敵な教会にミニスカポリスでやってきた頭のおかしい女と思われてしまう。

まあ丁寧に説明したところで、千佳や彼女の旦那の親族たちは、見てはいけないものを見るような目をして、ちっとも話しかけてこないのだが……。

事情を話すと、マリはクスクスと上品に笑う。

「相変わらずだね。ボクがいたときと、まるでかわらないや」

そういって、透き通るような青い瞳で見つめられると、さすがの愛花でも気後れしてしまう。それほどまでに北欧と日本のハーフである、マリ・あやみ・ターナソンは西洋人形のように美しい。

「あなたも変わりないようね。って日本語、またうまくなったんじゃない？」

褒めると、マリは可憐な笑顔を見せる。

「ウフフ、うれしいな。ボク、毎日勉強は続けてるから」

美少女のような容姿のマリに、「ボク」と言われると、まるで性別を超越した女神のようだ。

口惜しいが、久しぶりに会ってさらにキレイになった気がする。

背中まで伸びたブロンドの髪。

透き通るように白い肌に、大きくて切れ長の目、そして澄んだ青い瞳。

睫毛（まつげ）が尋常でないほど長く、鼻もスッと高い。

黒のパンツスーツを着こなすモデルのようにすらりとした体型で、今は確か二十四歳だ。

愛花は自分の美しさに自信があるが、北欧生まれのハーフであるマリには一目置いている。

二年前、マリは北欧の諜報機関に所属していたが、事件に巻き込まれて危険があるとのことで日本にやってきた。

フーハンには一年ほど所属していて、現在は警視庁の生活安全課だ。

「千佳のウエディングドレス姿、早く見たいな」

マリは吸い込まれそうな青い瞳をキラキラさせて、愛花を見つめてくる。

「似合ってたわよ、馬子にも衣装」

「……マゴ？　イショウ？」

さすがに日本のことわざまでは知らないようで、マリがきょとんとした。

「なんでもない。行きましょうか」

「おーっ、マリちゃんっ」

川辺が手を振って、こちらに近づいてきた。

マリはまた怪訝な顔をする。

なにせ雪だるまみたいな男が、ピチピチの警察官コスを着ているのだ。

「川辺サン。似合いますね、それ」

皮肉なのだが、どうも川辺はピンときてないようで、

「やっぱり似合っちゃうかあ」

と言いつつ、ポーズをつけたりしている。

ティアドロップのサングラスなんかしているのだから、本人はアメリカのポリスメンを気取っているのだが、はたから見たらハードゲイっぽい。

「ほら、いくわよ。もう」

ミニスカポリスの格好で、川辺のケツをピンヒールで蹴り上げた。近くにいた黒いスーツ姿の参列者がギョッとこちらを見ていた。

ミニスカで脚を上げたから、パンツが見えたのかもしれない。

(ああん、もう最悪)

さっさと式に出て、早くこれを脱ぎたい。

3

結婚式は厳かに始まった。

小さな教会のチャペルには、新婦の千佳の両親、そして親類縁者。旦那である新郎の両親、そして親類縁者で二十人ほどだ。

披露宴はまた別の日にパーティーとして行うので、式は身内だけのこぢんまりしたものにしようと決めたらしい。

愛花と川辺、そしてマリはチャペルの最後尾に座っていた。

身内だけの式に千佳が呼んでくれたのはうれしい。

が、ミニスカポリスとアメリカンポリスのコスプレの余興は、絶対に似つかわしくない場所なのはわかる。おとなしくしていよう。

「それでは誓いのキスを……」

牧師が十字架の前で静かに言うと、新郎である旦那が千佳のベールを丁寧にめくりあげていく。

「ドキドキするね」

マリがささやいてきたので、愛花も小さく頷いた。

（いいわあ……やっぱ、結婚式って……）

愛花は仕事が忙しくて、夫との式を挙げることができなかった。もし再婚するなら、千佳と同じように海の見える教会で、なんならふたりだけっていうのもロマンチックかもしれない。

（今だけは、仕事のことは忘れよおっと）

岬がうまく吉川という男を捕まえられたか気になるが、まあなんとかするでしょう、最近強いから。

千佳のキスを見ているときだった。

（ん？）

車の音がしたので、愛花は少し緊張した。

「愛花さん……」

マリも車の音に気づいたらしい。

普通の車なら別にいい。だが、聞こえてきたのは、おそらくジープ型のような四駆だ。おそらく三台。

（なんだろ……このへんは教会以外に何もないけど）

人の気配をチャペルの入り口の外に感じた。教会を取り囲もうとしている感じがする。

まずいわ。そう思って身構えたそのとき。

チャペルの入り口の重々しい扉が開き、迷彩服の男たちが中に入ってきた。

「えっ、何?」

「余興か何か?」

参列者たちがざわめく中で、ひとりの男が天井に拳銃を向けた。

ガーン!

チャペルに大きく響く銃声。

モデルガンではない。間違いなく本物だ。一瞬の静寂の後、大きな悲鳴があがり、参列者たちが狼狽(うろた)えた。

「キャーッ!」

「な、なんだっ」

「落ち着け、きっと余興だよ、なあ」

あまりのことで現実に追いつかないようだ。

参列者たちはみな逃げることもなく、その場で震えている。よかった。下手に動くと男たちを刺激する。

（マリっ）

瞬時にマリと目を合わせて、ふたりで頷き合った。

彼女も優秀な元捜査官だ。わかってる。この場合は一般人の命が犯人の確保よりも最優先。

とにかく捜査官であることは絶対にバレないようにしなければ。

幸い千佳の旦那も、千佳が囮捜査官であったことは知らない。捜査官の素性を知っているのは三人だけだ。

男たちが拳銃を参列者に向けながら、不気味に笑う。

「よーし、動くな」

「今の銃声を聞いたな。モデルガンじゃねえぜ、本物の銃だ」

「おとなくしてりゃ、殺しやしねえ。俺たちは銀行強盗をやって警察に終われてるんだ。なーに、しばらくあんたらが人質になって、匿ってもらうだけでいい」

また悲鳴があがった。

「うるさい、騒ぐな」

男が叫ぶと、参列者たちは怯えたように肩をすくめる。

（まいったわねえ、籠城する気？）

人里から離れた場所に教会はあるから、立てこもるには確かに都合がいい。

愛花は怖がるフリをしつつ、犯人たちを観察する。

三人ともハンドガン。見たところベレッタのようだ。

扱いやすい自動装塡式のセミオートマチック・ピストル。威力はないが、引き金は簡単に引ける。持ち方を見ると拳銃の扱いに慣れていないようだ。

とはいえ、他にも武器があるかもしれない。それに外にもまだ仲間がいる。

油断はならないと、怯えたふりをしつつ犯人たちを見ていたら、スキンヘッドの男が川辺と愛花を見てギョッとした。

（そりゃそうでしょうね）

ミニスカポリスの格好で人質になるのは、かなり恥ずかしい。

見ていると男たちはズカズカと歩いていき、参列者たちと新郎新婦に銃を向けた。

愛花とマリに拳銃を向けてきたのは、外から来た髭面の男だ。

（何人いるのかしら。車三台ってことは、十人ぐらい？）

大所帯だ。千佳も含めた三人で対処できるだろうか。

しかも千佳はすでに引退してるし、なによりウエディングドレスでは動けないだろう。マリも今は捜査官ではない。

髭の男は愛花とマリを見て目を細める。

この男は若い三人とは違い、銃の扱いに慣れている。ますます面倒だ。

「おい、ミニスカギャルたち。おまえらも向こうへ行け」

銃で脅されて、愛花とマリと川辺も、参列者のいる場所に行くように命令された。

チャペルの一角に二十人ほどの参列者は集められて床に座らされている。

もちろん花嫁の千佳もだ。ウエディングドレスを着たままで、怯えている様子だが、もちろん演技である。

（それにしても、何が目的なの？）

警察に追われているといったが、一向に警察が来る気配がない。

と、ふいに邪(よこしま)な視線を感じてハッとした。

横にいたおじいさんが、ちらちらとこちらのスカートの中に視線をよこしてくるのだ。

（やばっ……）

慌てて横座りしながら太ももをぴったり閉じ、スカートの上に手を置いてパンチラを隠した。年配の老人が何事もなかったように目をそらす。

(こんの、じじいっ。こんな緊急時でもスカートを覗こうとするんだから)

そうだ、と思った。

銃を持った三人の男たちが人質から目を離したときだ。

老人の内ポケットに素早く手を入れ、目にもとまらぬ速さでスマホを……と思ったらガラケーだった。

(ラッキー。画面ロックがないから、すぐ使えるわ)

愛花はそれを素早くパンティの中に隠し、素知らぬ顔をする。

「よし、全員スマホを出せ」

若い男が言う。

やはりだ。人質にするには情報を遮断するのは当然だった。

男たちがスマホを回収する。愛花は素早くマリに目配せした。ガラケーを背中越しに見せると、すぐに理解したようだ。

「ミニスカポリスさん、あんたもだよ、へへへっ」

スキンヘッド男がしゃがんで、顔を近づけてくる。

（ヤニ臭い顔を近づけないでよ）

おとなしく鞄ごとスマホを渡す。

持っていたスマホは、万がいちロックを解かれても、フーハンの情報はすべて隠語になっているから捜査官ということはバレないだろう。

「他にはないか？」

「あ、ありません……」

怯えたフリをして、ミニスカートの裾を押さえる。

「しっかし、お姉ちゃんみたいに美人ギャルがさあ、なんでこんな格好してるんだよ」

男がしゃがんで、愛花の顎をつかみ、顔を無理矢理に上向かせる。

小麦色のつやつやした肌と、クールな切れ長の目は愛花の自慢である。

スキンヘッド男が、愛花の美貌を眺めながら、いやらしく笑う。

「そ、それは……あの……余興なんです。うっ……！」

いきなり、ミニスカポリスの制服越しに胸を鷲づかみにされた。

「い、いやっ！」

慌てて身をよじるも、男はニタニタ笑って銃口をこめかみにあててくる。

「逃げるなよ、へへっ、他にもスマホとか持ってないか、身体検査するからさあ」

にんまりと笑った男が、いやらしくバストを揉みしだいてくる。

「うっ……い、いやっ……」

男の手がバストに食い込んできて、顔をしかめる。

(汚い手で私に触らないでよ)

あんたみたいなヤニ臭い男が触っていい身体じゃないんだからッ!

ぶちのめしたい気持ちを必死に押さえながら、愛花は美貌を歪めて、怯えたフリを続ける。

「へへっ、なんだこのパイオツのでかさは……ここに隠してるんじゃやねえのか」

男は鼻息荒く揉みしだきながら、また顔を近づけてくる。

「うへへへ。なあ、名前は?」

バストを揉みしだかれつつ、銃口でこづかれた。

「あ、愛花ですっ」

受付に本名を書いたから、偽名は無駄だ。

「ふうん。愛花か……へへ、年齢は?　結婚してんのか?」

ここで適当なことを言っても仕方ない。

「さ、三十二歳です。男の子が……十二歳の……」

ひゅうっと、スキンヘッドが口笛を吹いた。

「三十二歳の人妻か……確かにこのコスプレギャルママは色っぽいよなあ」

胸を揉んでいた手が、ゆっくりと下に降りてきて、ミニスカートの中に潜り込んでくる。

「うっ……」

その手を上から押さえつけてイヤイヤするも、男はヒヒッと笑って無遠慮に白いパンティの上から恥部をまさぐってくる。

「や、やめて……ください……」

執拗な男の指の感触に、ゾッと全身が総毛立つ。

(やばっ、パンティの中のガラケーがバレる！)

愛花は焦った。

「フヒヒ。どこに隠してるかわからねえからなあ。特に美人のこの奥さんは、怪しさがムンムンだ。おっぱいもお尻も、でけえから隠しようがあるだろう。じっくりと時間をかけて身体検査してやるよ」

「ま、待ちなさい！」

背後から叫び声がした。

声の主はマリだ。愛花のガラケーがバレないように気を引いたらしい。

ところがだ。

スキンヘッドの男がマリの姿を見て、ギラリと妖しく目を光らせたのを愛花は見逃さなかった。

（まずい……マリに興味を持ったわ、この男ッ）

マリには秘密がある。それを男たちに知られたら……。

命に関わることだ。

「待って、やめて……マリには手を出さないで」

愛花がすがる。男はマリを見ながらウヘヘと不気味に笑った。

「俺はなあ、外人にめっぽう目がないんだ。特にヨーロッパのな。このすらりとしたスタイルと肌の白さ……北欧かどっかの子だろう？　へへっ、奥さんはあとでたっぷりと可愛がってやるから、待ってな」

男が取り出しのは手錠だった。

しかも大人のオモチャ屋で売っているような代物ではない。じゃらりと重たげな音がした。

(なっ！　こいつら、こんなものまで持ってるの？)

縄ぐらいなら抜けられるが、手錠は抜けるのに時間がかかる。

暴れようかと思ったが、まだ犯人の人数すらわからない。

ここで暴れるのはさすがにリスクが高すぎる。

(マリ……)

愛花が心配そうに見つめると、マリは怯えるフリをやめて、男たちを睨みつけた。自分や岬以上に、勝ち気で正義感が強いのがこの子だった。

4

(なんだよ、こりゃ。すげえ上玉じゃねえか……こんなのがいるってのは、聞いてなかったたな)

スキンヘッドの男、立川(たてかわ)は、いかつい顔をニヤつかせて床に横座りしている北欧出身らしき美少女に近づいた。

「お嬢ちゃん？　いや、もうちょっと歳いってんのか？　外国人の年齢ってのはよくわからなねえな。名前は？　年齢は？　どこ出身だ？」

　愛花にしたのと同じように、銃口を近づける。

　しかし、生意気そうなギャルママがしおらしくしているのとは違い、こっちの美少女は切れ長で大きな目を見開き、青い瞳で睨みつけてくる。

「なんだ、その面は。聞いてんだよっ。英語で話すか」

　銃口をこめかみに押しつけると、さすがに気丈な美少女も少し弱気になったように細い眉を歪ませる。

「マリ、二十四歳……ロシアと日本のハーフよ」

「二十四か。お嬢ちゃんは失礼だったな。確かに顔は幼いけど身体つきは成熟してるよなあ。へへ、ロシアンハーフか。いろっぺえや」

　立川はその優雅な佇まいに見惚れた。

　この抜けるような白い肌と、絹のようなブロンドヘア、それに目がぱっちりと大きくて、澄んだ青い瞳に吸い込まれそうだ。

「あなたたちの目的はナンなのッ」

　北欧ハーフ美人が気丈にも抵抗を見せてくる。

「ほお、マリちゃん、威勢が良いな。へへ、そのうちわかるって」

　ニヤニヤしていると、いつの間にか藤村と竹内がやってきて、ロシアハーフの美女と、派手な美人のギャルママを品定めするように見つめていた。

「へええっ、すっげえ可愛いなあ。人形みたいじゃないすか。スタイルもいいなあ。やべーな、このお嬢ちゃん……」

「このミニスカポリスのギャルもいいっすね。というか、花嫁も超可愛いし。なんすかね、モデルかアイドルの結婚式かなあ」

　仲間内でも一番若いふたりだ。野獣のような目で獲物を狙っている。

（こいつらにはわたせねえな。わけえから、女をぼろぼろにする）

　立川はマリの顔をまじまじと見て、それからゆっくりと全身を舐めまわすように視線を這わせていく。

　フリルのついた黒のブラウスに同色のだぼっとしたズボン。

　バストはそれほど大きくなさそうだが、それがまた美少女のようなルックスにマッチしていた。

　すらりとして上背があり、服の上からでもその見事なプロポーションと、匂うような色香がうかがえる。

　藤村と竹内も、この神々しいまでの北欧人形の美少女的なルックスとスタイルに魅了されているらしく、鼻息荒く見つめては股間部分をなにやら、もぞもぞと指で直しているのである。

「おい、スマホは回収したのかっ」

髭の男、谷口がドスのきいた声で怒鳴っている。

谷口は組織の幹部だ。元マフィアで逆らえない雰囲気がある。

「だ、大丈夫です」

立川が慌てて答えると、谷口はギャルママと北欧ハーフのふたりを見て、いやらしい笑みをこぼす。

「どっちも上玉じゃねえか。しかし、このミニスカポリスはなんなんだ」

「余興だそうです」

答えると、谷口はフンと鼻で笑った。

さあて、と次はどうするかと思っていたら、

「ああ？　ふざけんなっ」

と野田の叫び声が聞こえた。見れば端にいるじじいの胸ぐらをつかんでいた。

「どうした？」

近づいて訊くと野田が眉をひそめた。

「このじじい、携帯落としたっていいやがるんだよ。嘘つけ、あるんだろ」

野田が殴ろうとすると、北欧ハーフのマリがまた、

「やめろ！」

と声を荒げる。

立川がマリの前に立ち、すごみをきかせた。

「何度もうるせえなあ、お嬢ちゃんよお。いい加減に……」

ビンタでもしてやろうかと、手を上げたときだ。

谷口が後から立川の肩をつかんだ。

「傷はつけるな。ヤリたかったら、控え室かなんか使ってヤッてこい」

人質がざわついた。

マリが大きく目を剝いて、身体を震えさせている。

まさかのおこぼれに預かり立川は有頂天だ。

「い、いいんですか？　でもこいつらは……」

谷口が頷く。

「中出しはするなよ。そこの若えのと三人がかりならいいだろう」

藤村と竹内が「ひゃほう！」と気勢を上げた。

そのときだ。

後ろ手に手錠を嵌めたミニスカポリスのギャルママが、いきなり鋭い前蹴りを見舞ってきた。

「ぐええっ」

立川は一瞬で吹き飛び、後頭部をチャペルの机にしたたかに打った。

(な、なんだっ……この蹴りは……)

防弾チョッキを着ているというのに、衝撃が背中まで響いている。

もしこれがなかったら、よくてあばら、ひどければ内臓を持っていかれただろう。ゾッとする威力だ。

くらくらした頭で見ていると、ギャルママは脚だけで、藤村と竹内を相手に戦っている。ミニスカが大きくまくれて白いパンティは丸見えだが、それを鑑賞している余裕はない。

同じように北欧ハーフ美女とウエディングドレスの花嫁ふたりも、両手を拘束されながらも、見事な足技で谷口と戦っていた。

花嫁の白いドレスがパアッとまくれて、フリルのついたガーターベルトと、清楚な花嫁に似つかわしい純白のパンティが見えている。

（こ、こいつら、脚だけでっ……マジかっ！）

油断していた。

当たり前だ。

ミニスカポリスにウエディングドレスだぞ。

いくら強いことを知っていても、油断するのが当然だ。

「く、くそっ」

応戦しようとしたときに、ガーンと銃声が響いた。

見ればボスの梅原（うめはら）が戻ってきていて、花婿に拳銃を向けていた。

「油断してるんじゃねえよ。おら、お嬢ちゃんたち、抵抗はやめな。マジでひとりずつ撃ち殺すぞ」

すごみのきいた声で梅原が言うと、ギャルママたちは口惜しそうに唇を嚙みしめながら脚を下ろした。

「マリに手を出さないで」

ミニスカポリスのギャルママが、先ほどとはうってかわって、冷たい目でこちらを見つめてくる。

なんという獰猛（どうもう）な目だ。背筋に冷たいものが走る。

「決めるのは俺たちだ」

梅原は、ギャルママと花嫁に近づくと、鳩尾にローブローを食らわせ、さらに北欧ハーフ美女の喉を強く突いた。

「ぐっ」

「かはっ」

「け、げほ」

三人が膝をつく。梅原がフンと鼻で笑った。

「おい、立川、藤村、竹内っ。ブロンド美人を犯るのはいいが、マ×コはキレイなままにするんだぞ」

ボスからも正式に許しが出た。

「は、はいっ。やったぜ、尻はOKだとよ」

「いやっほうっ。レイプだ、レイプ。へへっ、ハーフ美人ちゃん、たっぷりと可愛がってやるからなっ」

藤村と竹内がヨダレをたらさんばかりに興奮し、ぐったりしたマリを両脇から抱えて起き上がらせる。

「谷口さんは？　犯らないんですかい？」

立川が言うと谷口はニヤリと笑い、

「へへ、俺はあれだ。たまんねえや」

と、アメリカンポリスの格好をした、白い小太り男を指差した。

「ひぃー！」

一番後にいた小太り男が、甲高い悲鳴をあげる。

世の中、いろんな性癖があるもんだなあと、立川はいまさら関心した。

5

「うっ」

控え室の畳の上に投げ出されたマリは、頭を振った。

喉の痛みがひどくて声がかすれる。

(せめて……この手錠がなかったら、こんなヤツらなんかっ)

後ろ手に硬い手錠を嵌められている上に、喉の痛みで、逃げようにも手足に力が入らない。

他の男たちは軽くいなせたと思う。

だが、梅原と呼ばれていた男だけは別格だ。

例え両手が使えていたとしても、自分では勝てるかどうかわからない。

「しっかし可愛いなあ。ロシアンハーフか。俺、初めてなんすよ、ハーフって」

「睫毛なっがいなあ。マジで人形みたいに可愛いよなあ、マリちゃん」

スタイルも抜群だ。目もぱっちりで大きくて、鼻もスッと通って高くて、スタイルも抜群だ。

逃げようにも三人の男たちに取り囲まれている。

三人の若者たちは、いやらしい笑みを浮かべ、着ていた迷彩服を脱ぎはじめる。

ズボンとパンツを下ろすと、醜悪な鎌首がビクビクと震えて、先端からぬらつく汁を早くも噴きこぼしている。

（くっ、こいつら……ボクのこと……）

「ひっ」

恐ろしいほどの太さだった。隆々とした男のシンボルは、どくどくと脈を打ってマリを狙っている。

「ボ、ボクをどうするつもりだッ」

マリの言葉に、男たちが顔を見合わせて笑う。

「ああん、お嬢ちゃんよお、日本語は難しいか。女の子は、ボクじゃなくて、私って言うんだよ」

「ひひ、マリちゃんだっけか。わかってるだろう。可愛い女が男たちに囲まれたら何をされるのか……」

素っ裸になった男たちが遅いかかってきた。

「い、いやだっ！　や、やめてっ……」

床の上で仰向けに押し倒されて、三人に押さえつけられた。

青い瞳が恐怖に歪み、目尻に涙が浮かぶ。

「へへっ、可愛いなあ……それにいい匂いだ。肌もつるつるだぜ」

「ロシアンハーフか……北欧の女は、どんな風に鳴くんだ？　カモン、とか、オー、イエスとか、ジーザスとかかい？　うへへ」

「暴れんなよ。どうせ逃げられねえんだ。楽しもうぜ、マリちゃん」

「い、いやっ！」

マリは激しくかぶりを振り立て、両足をばたつかせる。

さらさらのブロンドヘアが畳の上でパアッと広がり、乱れまくった。

両手は背中でひとくくりにされて、手錠を嵌められている。蹴り飛ばそうと思っても、まだ喉が痛くて力が入らない。

「い、いやぁ、やめっ……」

かすれ声で叫んだときに、ほっそりした顎をつかまれて、立川というスキンヘッドの男に唇を奪われた。

「ムゥゥ！」

マリは大きな目をさらに見開いた。

（お、男に……男にキスされたっ！）

気持ち悪くて逃げようとするのだが、立川の野太い手が顎をつかんで離そうとしない。

さらには舌を入れられて、口の中を舐めまわされた。

「んんんっ、んぐうっ」

不快なねっとりした唾の味で、気を失いそうだ。

それでも必死に抵抗しようとするのだが、立川の手が喉を絞めてきて、差し込まれた舌を噛ませないようにしている。

レイプすることに、とことん慣れた手際だ。

立川の手が股間を撫でてきた。その瞬間……。

「なっ……！」

　立川がマリの上から飛び退いた。

「ど、どうしたんです？　立川さん」

「この女が、何かしやがったんですか？」

　若い男たちが不安げな顔を見せると、立川が真顔でつぶやいた。

「……こいつ、女じゃねえ」

「え！」

　ふたりの若い男が、顔を見合わせる。

「は？　え？　お、女じゃないって……は？」

「こ、こんなに可愛いのに……どう見ても美少女じゃないすか」

　男たちが戸惑っている。

　立川の手が、マリのクロップドパンツにかかり、一気に脱がしにかかる。

「や、やめろっ……いやぁッ」

　パンツまで一気に脱がされ、マリの下腹部が露出した。

　屈強な男たちのイチモツに比べれば、ピンク色の小さな突起である。しかし本来の女性にはあるべきものではない。

「チ×ポっ……ウ、ウソだろ……ニューハーフか……」

「でも、ニューハーフにしちゃあ、ちゃんとタマもサオもあるぜ……こんなにモデルみたいにスラッとして、アイドル並に可愛いオトコがいるのかよ」

男たちが下腹部をじっくり眺めている。

恥ずかしくなって、マリはうつぶせになってペニスを隠した。

「ボ、ボクは女じゃないっ。れっきとしたオトコだっ」

顔が火照る。

囮捜査官時代から、女性に扮した方がいろいろ便利だと、髪を長くして化粧品も女性用のものを使っていた。

だが、特にメイクもしていないし、女性の服も着ていない。

マリというのも本名で、たまたま女性にも通じる名前なのだ。

仕事だから女性っぽく振る舞っているだけである。マリは美少女のような容姿ではあるが、心も身体もオトコのままなのだ。

「わ、わかっただろっ……さっさとボクを戻せっ」

男たちは顔を見合わせている。

もし「女のフリなんかしやがって」と、逆上して危害を加えられても、それは想定のうちであった。

時間稼ぎができたと思えば……。

しかし……。

立川はニヤリと笑うと、再びマリの細い顎をつかんだ。

「なっ……」

マリの目が不安に歪む。

男の目が、いやらしい光を放ったからだった。

「へへっ、オトコだって言われても、まだこっちはビンビンのままだぜ。すげえな、女より可愛いオトコなんて、そうはいねえよな」

「ホントホント。全然抱けますよ、俺。こんなに可愛い子のチ×コなら、余裕でしゃぶれるし」

竹内と呼ばれる若い男も、ニヤニヤ笑って立川に同意する。

「北欧ハーフには間違いないしなあ。ちゃーんと入れる場所もあるし、オトコのくせにすんげえいい匂いするし、肌もつるつるで、やわらけーし……ヒヒッ」

「なっ、お、おまえらっ……」

さあっと血の気が引く。

最悪だった。

「け、けだものっ……ボクで間に合わせるつもり？　なんでもいいのかよっ」

抗うように首を振る。

男たちがいやらしく笑う。

「なんでもいいわけあるかよ。俺たちはもともとそんな趣味はねえ。てめえが女よりも可愛いのが悪いんだよ。へへっ、初めての男を味わわせてやるよ」

下卑た言葉を投げつけられて、全身が震えた。

男たちに性的な視線で見られたことも何度もあるが、ここまであからさまにレイプすると宣言されたのは初めてだ。

「お、お嬢ちゃんなんて言うな。き、気持ち悪いっ……さ、触るなっ」

逃げようとして、今度はうつぶせに押さえつけられた。

真っ白いヒップが、男たちの目にさらされる。

マリはもともとスレンダーで、筋肉質ではない。

小ぶりだが、つるんとした女性と見まごうような悩ましい尻たぼだ。

男たちのいやらしい視線が、自分の尻割れに集中するのを感じて、マリは必死に暴れた。

「へへっ、声も高くて、嫌がり方も女のまんまだな」

「ああ。見ろよ、いいケツしてる。すげえな、女よりも女っぽい。生まれてこの方、こんな可愛いオトコなんか初めてだ。どう見ても北欧の美少女だって」

「や、やめっ……は、離せっ、いやっ、ああああっ……」

うつぶせで必死に抗うも、立川が自分の指をしゃぶって唾で濡らし、恥ずかしい尻割れに潜らせてくる。

「うっ！　ぐうう、いやぁぁぁ！」

普段は排泄にしか使わない穴に、硬い指が押し入ってくる。

おぞましい感覚に、マリは脂汗をにじませて必死に脚をばたつかせた。

「ちゃんと脚を開いてな。暴れるなよ、肛門が切れるぜ」

恐ろしい言葉にマリは抵抗をやめる。

指が抜かれたのと同時に、下腹部に灼けた杭のような硬いモノを感じた。

「や、やめっ……！」

息ができなかった。

わずかに唾で濡れた小さな排泄穴に、熱くぬるぬるした棒のようなものを挿入されたのだ。

あまりの痛みにマリは大きくのけぞった。

「いやあああ……ッ」
ズンという重い刺激が、身体の奥に響いた。
（あああッ……痛いっ）
引き裂かれるような苦痛に、もう暴れることもできなくなる。
マリは苦悶の表情を浮かべて、ハアハアと激しく喘いだ。
（ウ、ウソ……ボク……レイプされてる……）
あのおぞましいものを挿入されていると思うと、失神しそうだ。
排泄穴は大きく広げられていて、最奥までぬるぬるしたものが嵌まり込んでいる。
男にレイプされた……。
その絶望感が、気丈なマリの心を引き裂いた。

6

「愛花さん」
白いウエディングドレスを着た千佳が、こっそりと耳打ちしてくる。

「マリは大丈夫でしょうか」

愛花は見張りの男たちの様子を見ながら、そっと返す。

「あいつら、マリがオトコとわかっても、犯すわよ、おそらく」

千佳が押し黙った。

同じことを思っていたようだ。

初めて見たとき。なんて美しい少女なのかとため息が出た。オトコであると聞かされて逆に心配になった。美しすぎるのだ。

「あいつらに、オトコだと最初に言ってたら……」

「それは思ったわ。でも、あの場でそう言っても、結局は犯られちゃうんじゃないかしら、あの子可愛いから」

はあ、と、ふたりでため息をいた。

マリのことを話すといつもこれだ。オトコに美貌で負けを認めるとなると、女としての自信と尊厳を失いそうになる。

「川辺さんは大丈夫かしら」

「へんなこと言わないで」

そっちは絶望的に考えたくなかった。

世の中、変わった人間もいるもんだなと思う。

(でも、今がチャンスよね)

谷口という髭の男は、なぜか川辺に執心していて、考えたくはないけどおそらくお楽しみ中なのだろう。

さらにボス格であろう梅原という男の姿も見えない。

愛花は見張りの男を見た。ラッキーなことに、ふたりともかなりの下っ端である。拳銃は持っているものの弱そうだ。

「あ、あの……お手洗いに行かせて」

見張りの男に言うと、男は訝しんだ顔をした。

先ほどの乱闘で、愛花と千佳は要注意人物としてマークされている。

「ま、待てっ」

男たちが狼狽えている。他の男を呼びそうな気配だ。

「待てないわよ、ここでするわよ」

先ほどから、トイレには交代で行かせられていた。

「いいの？　ずっとガマンしてるから、たくさん出るわよ」

「待てって。おい、どうする」

もうひとりの男に訊くと、男は考えてから、

「つ、連れてけばいいんだろ。妙なまねは絶対にするなよ」

片方の男に、トイレに連れて行かれた。個室トイレの前に立つ。

「手錠も外してよ」

「あ？　できるだろ」

「無理に決まってるでしょう」

睨みつけると、男は渋々手錠を外す。

この下っ端だけなら軽く逃げられそうだ。

個室トイレに入ると、すぐにパンティに隠したガラケーを取り出して、こっそりと牧田にメールした。

（頼むわよ、メールを見てよ）

すぐに返信が来た。

《愛花か。なんだこのアドレスは》

《手短に。式場が迷彩服の男たちに占拠されてる。十人ぐらい。どこかで銀行強盗して警察に追われてる》

三十秒ほど経って、返信が来た。

《強盗事件は発生してない》
愛花は目を細める。
（えっ？　ウソ……）
牧田の収集能力は完璧だ。ウソではないと思う。
ではあの男たちの目的はなんなの？　なんのために籠城してるの？
《詳しく調べて》
《了解。連絡は？》
《こちらからのみで》
《ＯＫ。この貸しはセックス一回分》
ムッとした。
こっちは緊迫してるのよ。
《早く調べてよっ！　生きて帰ったら、ヤラせてあげるから》
トイレの水を流した。送信記録を消去してから、ガラケーをまたパンティに隠して個室から出ると、若い男が愛花のミニスカから伸びる太ももや、悩ましい丸みを描く胸元にいやらしい視線を這いめぐらせていた。

第四章　堕とされたクールビューティ

1

「え？　籠城？」

三船(みふね)文乃はハイヤーの中で驚いた声をあげた。フーハンの室長の牧田から、急に電話がきて、出てみたらとんでもない事件だったのだ。

「愛花さんや千佳さん、マリさんもなの？　岬さんは？」

「岬は人妻失踪事件を調べてます」

牧田がいつものように丁寧な口調で言う。

他の囮捜査官に比べて、牧田は文乃にだけは礼儀正しい。

というのも、文乃が武家の末裔(まつえい)であり、旧華族の三船家当主の妻であることを知っているからだ。

そんな令夫人がなぜフーハンの捜査官を手伝っているかといえば、それはもうお転婆な奥方の趣味である。

長い睫毛に形のよいアーモンドアイ。

気品を感じさせるシュッとした鼻梁に、艶やかな赤い唇。

和風美人は三十六歳で一児の母親でもある。

ちょっとタレ目がちで、それが包み込むような母性を感じさせ、優しげで落ち着いた雰囲気を醸し出している。

それでいて時に少女のような可愛らしい微笑みを見せてくる。

普段から着物姿で、捜査を手伝うときも着物姿。

今日も若葉色の友禅染の着物に、鮮やかな藍色の袋帯の装いである。

黒髪を後ろで結わえているのも色っぽかった。

後れ毛のある白いうなじからは、ムンムンとした人妻の色香を漂わせている。

「奥さま、お願いですから危ないことは控えてくださいね。あくまで美緒のサポートですからね」

電話で牧田がまた繰り返す。

「わかっておりますわ。牧田さんは心配性よ」

「そりゃあ、そうなりますよ。三船家の当主の奥方なのですから。よろしいですか？　何度も口をすっぱくして言いますけど、お転婆なことは……」

「私はもう三十六よ。牧田さんとお会いした頃とは違うんですから。お転婆なんて」

　口元に手をあてて、ウフフと笑う。

　そんな仕草ですら三船家お抱えの運転手が、バックミラーを見ながら股間を熱くしているのを文乃は知るよしもなかった。

「でも、ホントに無茶だけは……」

「もうっ。牧田さんったら。大丈夫よ。それより籠城事件が心配ね」

「まあ愛花がいるし、大丈夫だと思いますが。でも、いろいろ気になることもあるので私も動きます。あとは美緒と直接連絡を取っていただければ」

「承知しましたわ」

　通話を切る。

　運転手が市ケ谷（いちがや）を過ぎたあたりで、路肩に車を停める。

　すぐに後部座席に桜田美緒が乗り込んできた。車が静かに発進する。

「文乃、ごめんね、こんなことにかかり出して」

　美緒が切れ長の目を細めながら言う。

高飛車で冷酷なクールビューティーも、文乃の前では優しい人妻の顔を見せてくる。

美緒が警察官、文乃が外務省の官僚になったときにふたりは出会い、意気投合した。結婚を機に官僚を辞めた後、こうして捜査官として同僚になるとは思いも寄らなかった。六つも違うが、今ではまるで同世代のように仲がいい。

「いいのよ。それよりも変わった趣旨のお店ねえ。ママ活とはね」

「今の男子は恋愛も年上にリードしてもらわないといけないの」

「それにプラスして、主婦たちも若い男の子とアバンチュールを楽しみたいというわけね。見事に需給がマッチしているわね」

「未成年が絡まなければね……売春は自由恋愛とは言えないわ」

美緒はコンパクトの鏡で化粧をチェックする。

切れ長の目とツンとした高い鼻筋、デキる女の雰囲気を醸し出す美緒は、男がちょっと気後れするくらいの華やかな美人だ。

今は囮捜査で、ごく普通の主婦を演じるということで、ひかえめなミニ丈のプリーツスカートと白いブラウスという格好だが、それでも、ムッチリしたボディは隠しきれず、いい女のオーラを醸し出している。

車が赤信号で停まる。

「籠城事件の話、訊いた？」

「ええ。でも、愛花がいるんでしょう？　大丈夫よ」

美緒がさらりと言う。

「ずいぶん愛花さんを買ってるのね。プライドが高いあなたにしては珍しいわ」

「そうねえ。愛花というより、ふたりがうらやましいの、あのでこぼこコンビ」

美緒の言葉に、文乃がクスッと笑う。

「愛花さんと岬さんね」

「フフ。そうよ。反発し合ってるように見えるけど、ふたりともお互いを信頼していて、命をかけても守りたいと思い合ってる」

「おふたりともまだお若いし……特に愛花さん、彼女の力はまだまだわからないことだらけ。ずっと見ていたいわ、私も」

「フーハンって面白いわよね。室長からしてろくでもないし、マッドサイエンティストやら粗暴なギャルママやら、元ヤンキーやら……それでも妙にバランスが取れてる。チームワークもいい」

「わかるわ……だから私もお手伝いをしたくなっちゃうのよ」

「まったくもう。あなたは旧華族の大事な奥さまなのよ。ほどほどにね」

「あら、美緒まで牧田さんと同じことを言うのね」

文乃はふくれると、美緒が優しく笑った。

2

ホテルに入ると、拓也(たくや)という若い男の子は、それまでの軽口はなりをひそめて口数が少なくなった。

(チャラそうな子だけど、意外に経験なさそう)

「プラチナ交際クラブ」は、登録した女性が運営から紹介された若い男の子とデートで奢(おご)ったり、お小遣いをあげたりするシステムである。

金銭的に困窮(こんきゅう)している若い男の子を応援してあげる、という名目なのだが、一番の問題は、運営が紹介してくる男の子の中に明らかに未成年がいるということなのだ。

「拓也くんっていくつなの?」

もじもじしている拓也に、美緒はストレートに尋ねる。

「二十六」

「ホントは？」

拓也は「えっ」という顔をして、顔を赤くする。

「……十七」

やはりだ。

運営側はすべて十八歳以上だと説明していたが、それが崩れたことになる。

（言質は取れたわ、やはり未成年なのね）

美緒は大きなベッドに座って、拓也を見る。

彼が目を血走らせて顔を赤らめたのが、はっきりとわかった。

緊張しているのだろうが、彼の視線が白いブラウス越しの乳房のふくらみや、座っているからズレ上がったスカートから覗く太ももに注がれている。

黒髪の少年は真面目そうに見える。ただ耳にピアスの痕があることで、ただ真面目な少年ではないことは見て取れる。

（ああ、でも可愛いわ。目をギラギラさせて、私のことを見てる）

ゾクッとした。

ごく普通の主婦を演じるということで、ひかえめなミニ丈のプリーツスカートと白いブラウスという清楚な格好である。

四十二歳の美緒は、アラフォーとは思えぬ張りのある九十センチのGカップバストを誇っている。

（この子の母親ぐらいの年齢なのに……性的な目を向けられるなんてねえ……）

ふんわりした栗毛のセミロングに切れ長の目。

ツンとした高い鼻筋に薄く上品な唇。

新宿北署のクールビューティーと呼ばれて、署内でも目立つ存在だった。

結婚してから、その色香は増したようで、フーハンに配属されて囮捜査官となり、風俗店ではもちろんのこと、会員制のクラブに潜入捜査して目の肥えた政治家や官僚エロジジイたちにも色目を使われて自信を持っていた。

「すみません、やっぱりよくないですよね。あの……美緒さんの子どもみたいな年齢だと思うから、興味ないだろうし……」

年齢を正直に話したことで、彼は引け目を感じたのか、ホテルに入るまでは無邪気に笑って、「結構モテるんです」「ホテルもよく使ってます」なんて強がっていたのに、どうやら虚勢だったようだ。

（でも、まずいわ……このまま彼を帰すわけには……）

彼の言質だけでなく、身体の関係があることも証拠として残して、この交際クラブを摘発しなければならない。ホテルに入っただけじゃだめだ。

（仕方ないわねえ、もう）

今日は身体を使わなくてもいいかと思ったが、そうもいかないらしい。

（ごめんなさい、あなた……相手は未成年、最後までは絶対にしないから……）

十七歳が相手なんて大問題だ。心が痛む。

だがこれは仕事のためだ。やむを得まいと美緒が身体を寄せると、少年はビクッとした。

太ももがぴったりとズボン越しの太ももに密着した。彼の肘にも乳房があたってしまっている。

「う、うわっ。あの……美緒さんっ……お、おっぱい大きいっ」

少年が動揺している。

顔立ちは十七歳にしては大人びている。だけど可愛らしい子だ。そんな子に緊張されると、美緒はちょっと自信を持ってしまう。

「ウフフ。Gカップ……九十センチのGカップよ。でも、肩が凝ったりして、いいことなんて……」

「Gカップ！　ええっ、そ、そんなに大きいんだ」

拓也が大きな目でふくらみを見つめている。

喉がゴクッと動いたのもわかった。

「そんな目で……いけない子ね。いいわよ触って」

美緒が言うと拓也が目を輝かせる。

（まあ、いいわ。少しくらいなら）

フーハンの捜査官だ。身体を使うことには、それほどの抵抗はない。

しかし同時に人妻であり、夫とは結婚六年目でも仲睦まじい関係とあっては、できるなら夫のモノである身体を使いたくはない気持ちもある。

（ちょっと触らせてあげれば、きっと満足する。相手は未成年なんだから）

そう思いつつ、少年の手を握りブラウスの胸元に導くと、拓也はおずおずと巨大なふくらみに指を這わせてきた。

「あっ……」

興奮しているわりにソフトに触り方で、美緒はビクンとした。

少年は鼻息を荒くしながらも、荒々しくはなく、じっくりと指を食い込ませてくる。いやらしい揉み方だった。

「うわあ、す、すごいっ、柔らかいっ」

彼は少年らしい態度で接してくるのに、愛撫の仕方が妙に手慣れている。

「ウフフ、すごい興奮してるわね。脱がしてみたい？」

「い、いいんですか？」

彼の震える手が、ブラウスのボタンを外していく。

ベッドに仰向けになる。

すべてのボタンが外されると、ラベンダー色のブラジャーに包まれた双乳が少年の目にさらされる。

「う、うわあ……」

拓也の表情はとろけていた。同時に下腹部のみなぎりを感じた。

（な、なんて硬いの……）

スカートの布越しにも、男性器のみなぎりが伝わってくる。

恐ろしいほどの昂ぶり方だ。やはり十代の子の性欲はすさまじい。

「や、やっぱり人妻だから、こんなに大きくなるんですか？」

拓也が子どもらしい質問をしてきて、美緒は思わずクスッと笑った。

「ううん、若い頃からよ。高校生の頃とか、じろじろ見られて恥ずかしかったわ」

「痴漢もされたりとか」

「えっ……ま、まあそうね」

「でも、きっと旦那さんといっぱいその……エッチなことしてるから、大きくなったんですよね」

「やだっ……そんなこと……」

確かに夫とは仲がいい。

が、それは夫婦仲のことで、身体の関係はここ数週間ご無沙汰になっていた。

それに回数はもうかなり減っている。

それは結婚生活が長ければ仕方のないことだと思うのだが……。

「もうやめて……そんなこと言うのは」

「すみません、つい……旦那さんに嫉妬しちゃって」

少年が顔を赤らめつつ、ブラの上から両手でやわやわと揉みしだいてくる。

「ああん……」

拓也の言葉に、ついつい夫のことを考えてしまった。夫は性的には淡泊な方なので、前戯なども少なめだった。

(何を考えてるのっ。夫とのセックスと比べるなんて……これは業務よ。業務エッチなの。相手は十七歳なんだから、早く終わらせて、早く帰るのよっ)

気を取り直して、切れ長の目を細めて少年を見つめる。

「ウフッ。ねえ、私の身体でどんなエッチなことしたいのかしら。いいのよ、好きなようにしても」

淫らな台詞(せりふ)をささやくと、彼の勃起がまた硬度を増した。

「ホントですか、好きなようにしていいって」

少年が目を輝かせた。

「お、おっぱいを見ても?」

「えっ……ええっ……いいわよ……」

乳房を見られるくらいなんともないわ、とブラウスを脱いで、自分でブラジャーを外そうとするも、

「ブラ、外させてください」

と言われ、美緒はベッドにうつぶせになり背を向けた。

(自分で外したいなんて……子どもね)

微笑ましいが、しかし、相手に外されるのは自分で脱ぐより恥ずかしい。

ブラの後ろを引っ張られたと思ったら、胸の圧迫がくたっと緩んだ。

(男の人にブラを外されるなんて、久しぶり)

いやらしいことをされる、という気分が高まる瞬間だった。

美緒はブラを両手で押さえたまま仰向けになり、ハアと静かに呼吸しながら、ブラジャーを下に下ろしていく。

豊かな双乳が、少年の目の前でふるんと揺れた。

「すごいですっ、やっぱり大きくて……キレイなおっぱい」

小豆色の乳首がズキズキと疼いている。

少し慌てた。

(私ったら、な、なんでこんなに息があがってるのよ……)

相手は子どもじゃないかと思いつつも、

「ああ、Gカップなんて初めて見る」

少年の熱い視線がバストを這いまわり、さらに腰のくびれから下腹部へと流れていくのを感じると、ますます紅潮してしまう。

四十二歳。熟女にさしかかって若い頃よりは垂れ気味のバストだ。

だがまだ充分にハリがあり、仰向けでも同世代の女性とは違って、重力に負けて垂れてしまうこともない。

（鍛えているし、マッサージだってしてるんだから……って、やだ）

拓也の期待に沿っているかと、ドキドキしてしまう自分を恥じた。

馬鹿ね。さっさと終わらせるのよ。

そう思っても少年は「ああ、美緒さんっ」と、うわずった声を漏らし、左右の乳房に五指を食い込ませてくると、

「あんッ……」

と、思わず腰を浮かせてしまう。

媚肉がカアッと熱くなっていくのを感じて美緒は狼狽える。

「あれっ、乳首が硬くなってる。うれしいな。美緒さん、感じてくれてるんですね」

拓也が無邪気に言いながら、今度は強めに揉みしだいてきた。

「くっ！　あんっ、だめっ……ああんっ……そんな揉み方、あっ、あっ……」

美緒は思わず甘い声をあげそうになって、素早く唇を嚙みしめた。

（こ、こんな……一体なんなの……ああ……や、やめて、そんないやらしい揉み方をしないで……）

敏腕捜査官であり、男勝りの自分が、まさかこんな子どもに愛撫されて、感じてしまうとは……。

スカートがまくれ、パンティストッキングに包まれたムッチリした太ももがきわどいところまで見えるのに、はしたなく脚を開いてしまう。

「ああ、美緒さん、感じやすいんですね……僕なんかの愛撫で腰をこんなにいやらしく動かすなんて」

少年がうれしそうに言い、勢いよく右側の乳房に吸いついてきた。

ヂュッ、ヂュゥゥゥゥと吸引されながら、乳首をねろねろねろと舌先で舐められる。

「あっ！　くぅぅ！」

思わずのけぞってしまった。

せつない刺激が乳頭から広がっていき、子宮の疼きが増してくる。いてもたってもいられなくなってきた。

（ああっ……また、感じてしまって……）

演技しようと思っているのに、先に本気の喘ぎ声が漏れてしまう。

みっともないと思うのに、やわやわと揉みしだかれて、ねろねろと執拗に舐めまわされては、身体が敏感に反応してしまうのだ。

「ぁあああ……あああ……ぁぁ……！」

せつない身体の疼きが、声に現れてしまう。

（どうして……ッ）

相手は子どもだ。

四十二歳の人妻が翻弄されるわけはない。

なのだが……いや、拓也がうまくツボを押さえているのだ。

チュ、チュパッ……デュルル……。

音を立ててキツく吸われ、さらにねちねちと舌で乳首を舐め転がされると、乳頭が尖っていくのがはっきりとわかる。

「ああ、美緒さんっ、すごく乳首が硬くなってきた」

「いやっ、い、言わないでっ。あんっ、た、拓也くんがそんな舐め方をしてくるからよっ。ああん、だめっ……そんなイタズラは、だめっ……ううん」

少年の好奇に満ちた目が、美緒を見つめてくる。

（ああん、だめっ……）

翻弄されて感じてしまっている顔を見つめられている。恥ずかしくて、さらにまた全身がカアッと熱くなり、乳首が疼いてしまう。

そしてシコった乳頭部をまた舐められた。

続けざま、今度は指でつままれると、

「あ、あうう！　た、拓也くんっ……ああんっ……そ、それだめぇ……」

腰が動いてしまっていた。

（くううう……だめっ……だめなのに……相手は十七歳なのよ）

あまりに熱っぽい愛撫に、美緒の身体が汗ばんできた。

おっぱいもじっとり汗ばみ、ムンとするような甘い発情の匂いが立ちのぼってくる。

腋の下が汗で湿ってきた。ハアハアと息も弾みはじめている。

（い、いやっ……す、するなら、こんなにねちっこくしないで、さっさとしなさいよ）

もっと乱暴に荒々しく愛撫してくれれば、対処の仕方もあったのだろう。

現に今までの相手は……自慢ではないが、美緒の端正な美貌とムッチリした豊満なボディにあてられて、夢中になってむしゃぶりついてきた。

だが拓也は違う。

（女の扱いに慣れてるの？　でも、そんな風に見えないのに……ああん、私ったら、もう完璧に疼いてきてしまって……）

少年に乳首を舐められていると、ゾクゾクした震えが腰に宿ってくる。

（……だめっ、濡れちゃう）

クロッチの内側に蜜の湿り気を感じた。

子どもに愛撫されているのに、興奮が高まっていく自分が信じられない。

「ああ、たまりませんっ」

いよいよ拓也がパンストに手をかけてきて、美緒は慌てた。

3

（だ、だめっ……）

先ほどからじくじくと子宮が疼いていた。

パンティが濡れているかもしれない。

そんなところを見せたくないと思うのに、しかし、少年は鼻息を荒くして美緒の脚を押さえつけながら、パンストに手をかけて脱がしてくる。

（ああ……あんなにキラキラした目で……）

脱がしてはだめ、とはいえなかった。

すでに拓也も上を脱いで半裸になっている。可愛い顔だが身体は意外に引きしまっていて、ドキッとしてしまう。

パンストを脱がされ、さらにパンティをつかまれて、腰から薄い布地が引き剝がされていく。とてつもない羞恥で身体が熱くなる。

その恥ずかしさにたえきれず、美緒はくぐもった声を漏らして顔をそむけた。

丸められた下着が脱がされていく。

その途中、少年の手がピタリととまった。

「ああ！　ぬ、濡れてますっ……美緒さんのパンティが濡れてるっ……」

言われて、カアッと身体が熱を帯びる。

（い、いやっ……）

美緒は顔をそむけたまま、ギュッと目をつむる。

（ラベンダーのパンティなんか穿いてこなければよかった。薄い色だからシミが目立つのよね。ああんっ、もうっ……）

ふた回りも下の子どもに、シミつきパンティをゆっくりと剝き下ろされる恥ずかしさは、頭が真っ白になるほどだった。

平然としていられなくて、全身が小刻みに震えた。

これでもヤクザを震え上がらせる女捜査官なのだ。みっともない。

「うわあ、こ、これが……美緒さんのアソコなんですね。失礼ですけど、人妻なのにキレイな薄ピンクなんですね」

爪先までパンティが下ろされ、少年の温かな息が女の恥部にあたった。

「もうっ……い、言わないでっ。そんなこと」

上体を起こして彼を非難する。

少年は目をギラギラさせ、

「どうしてですか？　こんなにキレイだって感動してるのに。匂いは強めだと思うけど……」

「い、いやよっ。やめて。もう言わないでっ」

キッと睨みつけるも、少年は興奮しきっていて動じない。

それどころか、両脚を大きく広げさせられた。

「ちょっ、ちょっと！」

閉じようにも両方の膝を手で押さえられている。さらに両脚が顔の横につくほど引っ張られて、そのまま押さえつけられた。

恥部が丸出しの状態――いわゆるまんぐり返しという卑猥な格好だ。

剝き出しになった女の恥ずかしい部分を、少年は目を輝かせてじっと覗き込んでくる。

「み、見ないでッ……！」

美緒は羞恥に赤く染まった美貌を横に振る。

あられもなく開ききった女性器に、舐めるような視線がまとわりつく。

（く、くぅぅぅ……ああん、見られてる。浅ましく発情した女性器を……こんな恥ずかしい格好にされて……）

女の花どころか排泄穴まで見えてしまっているだろう。

何度もイヤイヤするも、少年の力は強い。両足をあられもなく大きく広げられたまま押さえつけられ、覗き込まれている。

（ああんっ、夫にしか見せてはいけない場所を……）

囮捜査官であろうとも、ここまでじっくりと見られることに抵抗がある。

四十二歳の人妻だ。花びらの色素が沈着して柔らかくなっている。若い子のようにキレイな花びらではない。恥ずかしかった。

なのに少年は夢中になって、人差し指と親指を花びらにあてがい、ぐいと大きく割り広げてきた。

「あっ、あんっ……ちょっと、やめて、いやっ」

身体の内部まで熱い視線が注ぎ込まれる。

「ねえ、拓也くんっ……あんっ、そんなに見ないで……中までなんて」

「キレイですよ、美緒さん。ああ、中の方が強い匂いだ」

「だめっ……アソコの匂いなんて嗅がないで」

もう少年の鼻先が陰毛に触れるほど近づいていた。むわっと発情したときの匂いが美緒の鼻にも届いている。

「たまらない匂いですよ。牝の匂いだ。生魚のような……湿った獣の生臭さ。ああ、すごく垂れてきました」

膣口からあふれる蜜をすくおうとしたのか、少年の指が亀裂に触れた。

「あ、あンッ」

それだけで腰がビクンッと震えた。

恥ずかしいのに、じくじくと子宮が疼いている。

「わあ、すごい……」

拓也が無邪気に粘膜を指でいじってくる。

「あっ……あっ……」

うわずった声が漏れ、腰が震える。

ぴちゃ、ぴちゃ、といやらしい水音が湧き立った。

「どんどんあふれてきますよ。ああ、この穴……」

好奇心旺盛な少年が、いよいよ膣穴に指を入れてきた。

「ううぐぅ！　あっ、あっ……あああっ……」

疼いていた場所を指で犯された。あまりの刺激に背をのけぞらせてしまう。

男の指で身体の奥をくすぐられる。

久しぶりの快楽だった。

「美緒さん、そんなに指を食いしめたら、ちぎれてしまいますよっ」

少年はうれしそうに、何度も指を出し入れさせる。

「ああっ！　ああんっ……ああっ……はああ……」

指が肉襞をこするたび、甘い刺激が立ちのぼってきてしまう。発情した匂いと汗のツンとした匂いが漂ってきて、恥ずかしいことこの上ない。

（も、もう……だめっ……だめっ……）

美緒は恥ずかしいまんぐり返しのまま、開かされた両脚をぶるぶると震わせる。

こんな風に本気で感じてしまっては夫に顔むけできない。

なのに、もっと触れて欲しかった。

「ああ、四十二歳の人妻とは思えない、可愛い感じ方ですね」

「そんな風に言わないで。あううっ」

彼の指がクリトリスに触れ、美緒は甲高い声を放って腰を浮かせた。

「クリトリス、感じるんですね？」

「し、知らないわっ」

美緒が赤くなり、拗ねたように言うと、

（あんっ、いやっ……まだ痺れてるっ……クリトリスって、こんなに感じる部分だったかしら……）

さらにスリッ、スリッ、とフェザータッチで愛撫されると、

「ああんっ、いいっ、いいわっ、あああんっ、ううんっ」

気持ちよくて、うわずった声が漏れてしまう。

腰がうねり、眉間に悩ましいシワが寄るのがわかる。

（わ、私……なんて声を……は、恥ずかしいっ）

そう思うのに、声が漏れるのをとめられない。

演技なんかできなくて、腰のくねりがひどくなる。美緒の様子を見てニヤリと

笑った少年は、舌先を伸ばして花びらをねぶってきた。

「ああっ！　ああッ！」

まんぐり返しの格好で粘膜を舐めしゃぶられ、たまらず美緒はあらぬ声を漏らした。

さらに舌はクリトリスをとらえ、指先がアヌスも弄ってくる。

「あんっ、だめっ、あんっ、あっ……ハアッ、アアッ、アアアッ！」

おぞましさと同時に得も言われぬ快感が襲ってきた。

「くく。色っぽいっ……美緒さんの感じた顔、可愛いですよ、たまりません」

「いやん、見ないでっ、うっ！　はううんっ……」

恥ずかしい。

顔を隠そうにも、手はシーツをにぎってしまっている。

美緒は首に筋ができるほど悶え、何度も腰を物欲しげにすり寄せた。身体中が疼いて震えがとまらない。

（いや、だめえっ……あ、あなたっ……）

少年の指が、少し強めにクリを弾いてきた。

「くうううっ！　ああんっ、拓也くん、そんなにしたらっ、私っ、ああんっ、だめっ、だめになっちゃぅ！」

美緒は上気した顔で何度も、イヤイヤと首を振る。

だが興奮しきった少年の耳には届かない。

ついには大股開きでお尻の穴まで舐め尽くされる。ぬめった舌先で、アヌスからクリトリスまで、ねっとりと舐められると、

「はあああっ、イヤッ、イヤァァ！」

足先が震えて、意識がぽうっとしてかすれていく。

（イッ……イクッ……イッチャうう……）

4

昇りつめようとしていたときだった。

思わず、すがるような顔をして少年を見つめてしまった。

「その顔……欲しいんですね、美緒さん」

少年が顔をあげる。口のまわりが蜜で濡れていた。嬉々としてズボンとパンツも脱ぎ捨てる。

可愛い顔に似合わず、異様な太くて黒いものがみなぎっていた。

（欲しくなんて。絶対にだめよ、最後までなんて。しかも相手は未成年よ）

捜査官で身体を使おうとも、挿入までは許してこなかった。

フーハンでは捜査官はみな貞操観念があり、そうでなければ囮とは言えないという矜持（きょうじ）がある。一線を守るからこそ、女を食い物にする卑劣な男たちに対峙することができる。

今もそうだ。

「プラチナ交際クラブ」などという金銭で未成年と人妻をマッチングさせるなんて、需要があったとしても許せない。

高飛車で生意気と言われ、そして男勝りだとも噂された。

まあ「男なんか」という態度で切れ長の目で男たちを睨みつけてはすくみ上がらせて「怖い女」と言われてきた美緒である。

しかし実のところ、夫への愛情と信頼が揺るぎないからこそ、そうした無茶もできるのである。

夫を裏切ることなど考えたこともない。

だが……今は……。

この拓也という少年に翻弄されてしまい、頭が痺れきっていた。

彼の愛撫によって美緒の女の奥が、男の逞しいモノを受け入れたいとうずうずしている。尋常ではない疼きだった。

拓也は美緒の両足を開かせ、硬い切っ先を濡れた女芯にあてがってきた。

「だ、だめよ！」

相手は十七歳。いかに翻弄されようとも許されない禁忌だ。

必死に抵抗するも、押さえつけられてはどうにもできない。少年の生温かな切っ先が、ズブズブと秘肉をえぐり抜いてくる。

（オチン×ンが、入ってくる）

久しぶりの感覚だった。

いきり勃った屹立が、膣粘膜をかきわけて押し入ってきた。

「あ、あんっ」

衝撃に思わずのけぞった。もう抵抗できなくなった。

火傷しそうなほど熱く、どくどくと脈動していた。しかし、まだ半分も入っていない。

さらに腰を押しつけられた。

「あっ……ンンッ……うぐぐ……」
息もできないすさまじい圧迫感に、美緒は呻き声を発して腰を震わせる。
肉傘が大きく、しかも根元の方も太い。
その逞しさたるや、夫の比ではなかった。
（ああ、夫のモノと比べるなんて、なんてこと……）
でも、どうしても比較してしまう。
（……ッ。この子……大きいっ）
膣口を押し広げていく逞しさは、想像をはるかに超えていた。
それだけではない。性器がゴツゴツしている。
（えっ……ま、待って……）
不可思議な感触だった。彼が腰を動かすたびに、イボのようなものが、濡れた
媚肉にこすって甘く刺激してくるのだ。
「なっ……」
美緒はハッとした。
少年が今までとは違い、ニヤニヤと意地悪く笑って見下ろしていた。
「ようやくつながったねえ、美緒さん。元新宿北署の桜田美緒はかなりデキるっ

て訊いてたからさ、こっちもいろいろ考えたんだ。美緒さんの弱点は母性。子どもが欲しくてもできないから、若い子に甘いんだよねぇ」

「……！」

両目を大きく見開いて、自分を犯している少年を見つめた。

（どうして知ってるの……私のことを調べられてる……まさかっ）

逃げようとしても、少年に両手をひとくくりにされ、バンザイをさせられたらどうにもできなかった。

なによりも、もう硬いモノで貫かれているのだ。

少年が少し腰を動かすと、

「あっ……！　ああんっ」

いけないと思うのに、甘い声が漏れてしまう。

彼のペニスは大きいだけでない。何か硬いものが埋められている。

その硬いものが媚肉をこすると溺れてしまいそうになる。

「なかなかでしょう、俺のイボマラは。真珠入りっす。あ、ちなみに俺は二十歳過ぎてますからね。吉川と同い年なんですよ」

吉川……吉川弘だ。岬が追っている人妻誘拐事件の要注意人物。

「よ、吉川っ！　あ、あなた……仲間なのね」

「フフッ……ホントの名前は兼定って言いまして。美緒さんが簡単にはつかまってくれなそうだから童貞っぽい演技は疲れましたよ。黒髪に染めてピアスもやめて。でも、うまかったっしょ？」

「兼定！　くっ……は、離してっ……離しなさい……殺すわよっ」

いつもの冷たい目で睨みつける。

だが……。

「おーこわっ……だけどハメられちゃってるから迫力は半減だ。ほーら……」

兼定はさらに深く切っ先を埋めてくる。

「ああっ！」

夫では届かぬところまで深々と突き入れられてしまっている。

美貌が歪み、冷たい汗が額ににじんでいく。

(奥まで入れられて、意識が……息ができない……脚に力が……)

目尻に涙が浮かんでいる。

「や、やめて……」

それだけ言い返すのが精一杯だ。

「フフ、やめていいんすか？」

兼定は腰を動かしながら、耳に息を吹きかけてくる。

「あ、あんッ」

ゾクッとした震えが全身に伝わる。女を熟知したやり方だった。

（こ、このままでは……）

なんとか逃げようと身体をよじるが、兼定はさらに腰を入れてくる。

「ンッ！　あああっ……」

美貌が自然にクンッと持ちあがる。

初めて経験するような嵌入感だった。広げられて、押し込まれる感覚が女の至福を呼びさます。

「い、いやあっ……いやあんっ……」

抗いの声に、早くも悩ましい色香が混じってしまう。

「ああ、たまんねえな。こんなにいい女を抱くのは初めてだ。仕事なんて思わずに、たっぷり楽しませてもらうよ。ホントは、おま×こ使っちゃダメって言われてるんだけどなあ」

兼定は仰向けの美緒の背に両手を差し入れて起き上がらせて、あぐらをかいた自分の上に座らせる。

愛し合う夫婦か恋人同士のよくやる、対面座位という体位だ。

「こ、こんな、こんな格好……ッ……いやん、やめてっ、お願いっ」

犯されて、感じている顔を間近で見られるだけでも恥ずかしいのに、上にされて抱きしめられる屈辱に身体が震える。

「俺、好きなんすよ、この体位。深くまで入るし、ハメられて感じている顔もじっくりと楽しめるんだから」

笑いながら兼定が腰を揺すって突き上げてくる。

「あっ……あっ……だめっ……ああんっ……」

苦しげな息を吐きながらも、湿った女の声を漏らしてしまう。

野太い抽送が容赦なく女の膣胴を押し広げ、女の悦びをひたすら与えてくる。

(う、うう……だ、だめっ……あなた……助けてっ……)

そう思うのに、美緒の両手はいつしか兼定の首に巻きつき、バランスをとるようにしがみついてしまっていた。

「ああ、美緒さん……うれしそうに締めつけてきて……最高っすよ」

「う、うるさいっ。私、そんなことしてない……ああんっ……」

いやなのに、抵抗したいのに、ジーンとした疼きが生じて頭の中がとろけてしまう。

（避妊具をつけてないから……真珠で直接こすられる……だめっ、だめっ）

身体ごと揺さぶられて、ふくよかなバストが揺れ弾む。ふたりのハアハアという呼吸が絡まり、汗が飛び散る。

挿入したまま彼が乳首に吸いついてきた。

乳首を吸われる心地よさと、奥を突かれる充足感。

ふたつ同時の愉悦を与えられ、人妻捜査官はクンッと細顎をのけぞらせて、ハアハアと荒い息をこぼし続ける。

「ククッ……ほうら、ほら。もっといやらしく腰を振ってくださいよっ。絶頂したときに、最高のクスリを与えてあげますよ。キメセクを一度やったら、もう元には戻れないっすけどね」

ドラッグ……。

おそらく愛花が言っていた、強烈な効き目の媚薬（びやく）だ。

そんなものを今打たれたら……。

しかし、もう心までとろけそうで、瞼を開けるのもつらくなってきている。

キスをしようと迫ってきた唇を、もう受け流すことすらできなくて、こちらからも舌をねちゃねちゃと絡ませてしまう。

「た、たまらないわ……あぁんっ……あぅぅぅ」

キスをほどいた唇からは、悦びの声しかあげられなくなっていた。

「ああん……あぁんっ……もう、もう……だめぇえ……」

甘く啜り泣く声が、口を突いて出てしまう。

「たまりませんよ、美緒さん。気持ちいいな。出そうだ。中に出しますね」

兼定がハアハアと息を荒げながら、恐ろしいことをさらりと言う。

(そんな！　この子のものにされてしまう……！)

おぞましい宣言をされて、美緒の身体が一瞬こわばる。

しかし、めくるめく快感にどっぷりと浸りきっていて、美緒はもう何も考えられなくなっていた。

奥まで貫かれたときだった。

兼定が雄叫びをあげて、腰をビクビクと震わせた。

膣奥にどっと熱いものが注がれていく。

「あぁんっ、あなた……ごめんなさい。イクッ……だめっ……イクぅっ……」

美緒は生々しい呻きを発すると、兼定の上でガクガクと痙攣した。

どろりとした夫以外の熱い子種が、膣内に染み入っていくのを感じながら、恍惚に意識を奪われていくのだった。

（あ、あなた……文乃……ッ！）

5

ハイヤーの中で連絡を待っていた文乃は、美緒に呼ばれた気がして、ハッと顔をあげた。

そのときだ。窓の外に岬の姿を見た。

岬がホテルの前に立ち、うつろな目で看板を見上げている。

（どうして？　彼女は別の事件で潜入捜査をしているはずでは？）

岬に気を取られ、運転手が席を外したことに文乃は気がつかなかった。そもそも運転手には気を許している。文乃が捜査官であることも知っているからだ。

ガチャと背後で音がした。

振り向いたら、鼻と口にハンカチらしきものが押しつけられた。

「ムッ！　ウウムッ」

「お、奥さま、許してくださいっ……僕は奥さまのことが好きだったんですよ、どうしても見たいんですよ、奥さまの美しい裸が」

運転手が泣きそうな顔で見つめている。

（えっ……運転手さんっ……ああ、ど、どうして……）

和服の令夫人は、必死にそのハンカチを持った手を引き剝がそうとした。

合気道を使えば男の関節を簡単に取れる。

しかし、鼻と口から吸い込んだ甘い匂いが、すぐに抵抗を奪って意識を急速に薄れさせていく。

（油断したわ。まさか運転手さんが……）

逃げようと藻掻く中、文乃は最後に愛する夫に助けを求めながら、昏睡してぐったりしてしまうのだった。

第五章　ウエディングドレスを穢されて

1

　愛花は後ろ手に手錠を嵌められ、マスクとサングラスをした若い男に拳銃を突きつけられながら、チャペルに戻るように指示されていた。

（何者なのかしら、こいつら……）

　牧田が動いてくれるだろうし、すぐに警察もやってくるだろう。

　それにしても……この集団は銀行強盗ではない。

　ではなぜわざわざ、こんな小さな教会を占拠しているのか。

（何かあるのよ、この籠城事件には……何か茶番じみた何かが……）

　考えていたときだった。

「キャッ！」

　いきなり背後からヒップを撫でられて、愛花はミニスカポリスの格好のまま、伸び上がった。

「へへっ、生意気なギャルのくせに、可愛い声で鳴くじゃないかよ。子持ちの人妻で三十二歳だっけ？　色っぽいケツしてるよなあ」

若い男だ。腕っぷしも強くなさそうだし、銃の構え方も甘い。

周りに他の男はいない。チャンスだった。

「ねえ、シタいの？　私と……」

「へっ？」

若い男が赤くなる。

チャペルに通じる薄暗い通路で、愛花は両手が不自由なので、身体ごと若い男にすり寄った。

「その代わり、私だけ逃がしてよ」

「そ、そんなことできるかよ……上からは、あんたら三人だけは絶対に逃がすなって言われてるんだから、うっ！」

男がビクッとした。

愛花が男の脚の間に、ミニスカから伸びた生足を差し入れ、太ももで股間をすりすりしたからだ。

男の股間はすでに硬くなっている。

それに、言うなと言われてることをべらべら喋ってしまう、頭の悪さがちょうどいい案配だ。

「ねえ、オチン×ン硬くなってるじゃない……いいのよ、触って」

「は、はひ……」

男の震える手がミニスカの中に潜り込み、ヒップを撫でていたときだ。

ゴトッと音がして床を見れば、黒いガラケーが転がっていた。

（あ、やば……パンティの中に隠してたんだった）

男が訝しんだ顔をして、転がったガラケーを拾い上げる。

「なんだこれ？」

ぱかっと開けると、もちろん中は表示窓と電話のボタンだ。

「えっ、これ……スマホ？　がっ！」

男が崩れ落ちる。愛花の爪先が、男の鳩尾にめり込んでいた。

「ウソでしょ？　ガラケー知らない世代なの？」

愛花はため息をついた。世代間ギャップというやつを感じてしまったのだ。

2

「へへっ、おいおい、花嫁さんよ。ちょっとウエディングドレスの裾をまくりあげるだけで、こいつらは助かるんだぜ。早く尻をこっちに突き出して、ウエディングドレスをまくりな」

テーブルの下で、男たちが銃を持っておどけるように言う。

（ああ、健児さん……）

愛する人を、千佳は見つめる。

拳銃を持った男たちが、余興だと言いはじめて、千佳にテーブルの上にあがってストリップをするように強要してきた。

そんな恥ずかしい要求に応えるつもりはなかったのだが……。

彼の両親に拳銃を突きつけられていては、拒否できなかった。

（自分が犠牲になれば……）

でも……。

捜査官時代ならば、服を脱ぐこともいとわなかったのだが、今、この身体はすでに愛する夫のものである。

卑劣な男たちの前で、辱められるのがなによりも耐えがたい。

「たまんねえな、純粋無垢なウエディングドレスの花嫁ってのは……」

いやらしい言葉をかけてくるのは、野田と呼ばれていた男だ。

他の若い連中より年上らしく貫禄がある。

「それに可愛いですしねえ、おっぱいも大きいや。たまんねえ」

「二十四だっけ。パパさんもママさんも、いい遺伝子を残してくれたねえ」

若い男たちが、千佳の両親に拳銃を突きつける。

「千佳！」

夫である健児が身を乗り出した。

「うるせえな。自分の花嫁が穢されてくのを、黙って見てろ」

若い男が健児に平手打ちをした。

「や、やめて！」

千佳はテーブルの上から、犯人たちをキッと睨みつける。

「健児さんに手を出さないで」

「なら、さっさとパンティを見せな」

男がぐったりした健児のこめかみに銃先を向けた。

（くっ……）

危うく暴れそうになるのを、必死にこらえる。

若い頃はヤンキーでケンカばかりして、父親と母親には迷惑をかけた。

少年院で更生し、牧田にフーハンに誘われて、愛花にいろいろ諭されてからは生まれ変わったように人を敬うようになった。

（パパとママ、それに健児さん……みんなは私が守るわ）

千佳は白い手袋を嵌めた指をギュッと握りしめる。

スカートの部分にふんわりとボリュームを持たせた、プリンセスラインというお姫様の白いドレス。

そこから、ガーターベルトで吊ったナチュラルカラーのストッキングに包まれた締まった足首と、すらりとした形のよいふくらはぎが見えている。

ほっそりした肩を露出し、胸の谷間を見せたセクシーなドレス。

栗色ショートヘアを銀のティアラと薄いベールで飾っている清らかな花嫁だ。

「ほらほら、早くしろよ」

下から男たちが煽ってくる。

ねっとりしたいやらしい目つきが、不快でたまらない。

（大丈夫……ウエディングドレスをまくって、パンティを見せるくらい……みんなを守るためなら平気よ）

そう思うのだが、大きくて黒目がちなぱっちり目が羞恥に歪んでしまう。

夢だった結婚式、憧れだった純白のウエディングドレス……こんな風に辱められるなんて。

（ああン……いやっ……！）

何度も顔を振るも、悪夢は過ぎ去らない。

千佳は大きくため息をつくと、くるりと後ろを向き、小刻みに震える手でウエディングドレスのスカート部分をつまんでたくしあげていく。

「ああ……」

思わず悲痛な声が漏れてしまう。

「へへ、もっとだ。もっと上までまくりな」

「こっちに尻を突き出すんだよ」

（ううう……）

千佳の脚線美に興奮した男たちが、声を荒げて煽り立てる。

白いドレスの裾が持ちあがっていき、つやつやと光沢のあるストッキングに包まれた肉づきのいい太ももが剝き出しになっていく。

千佳は長い睫毛を震わせながら、膝を曲げて前屈みになる。

そして呼吸を乱しながら、思い切って腰までドレスの裾をまくりあげた。

「おおっ……」

「すげえ」

男たちの生々しい声が耳に届く。

千佳は恥辱に目をつむりながら、美貌を真っ赤に染め上げる。

清楚で可憐な白いパンティが丸出しになる。前屈みで尻を突き出しているので、尻肉の豊かさがより強調されている。

くびれた腰から豊満な尻へと続く女らしい稜線が、二十四歳の成熟した大人の色香をムンムンと発していた。

「へへっ、すげえや。色っぽいケツしてる花嫁だぜ」

「ウエディングドレスにガーターベルト……へへ、花嫁はやっぱり純白のパンティがよく似合うな。やべえ、勃ってきちまったよ」

男たちの鼻息が荒くなる。

（ああ……み、見ないでっ）

テーブルの上に乗って前屈みになりながら、口惜しさと恥ずかしさに、千佳の首筋が、ぽうっと赤く染まっていく。

刺すように感じる男たちの好奇な目はもちろんだが、もっとつらいのは自分の両親、そして愛する夫が見ていることだった。

足首と膝がガクガクと震えた。

「み、見せたわ！　もういいでしょうっ」

愛らしい童顔で睨みつけるも、男たちは下品に唇を舐めるばかり。

見事な脚線美と食べ頃のヒップをさらして、アイドルばりに可愛らしい顔を歪める清楚な花嫁の姿に、男たちはもうガマンできなくなっているのだ。

「そう思ったんだけどなあ、へへっ、おっぱいも見たいな」

「なっ！」

千佳はドレスをまくるのをやめて、野田を睨む。

「ふ、ふざけないでっ。このウエディングドレスは簡単に脱げないのよ」

「だったら手伝ってやろうか？　なあ、佐古。脱がせてやれ」

佐古と呼ばれた長髪の男が「うへへへ」と笑い、頑丈なテーブルに上がろうとしていた。

「や、やめてっ。来ないで」

「なら、自分で脱ぐんだよ、花嫁さん。誰から殺ってほしいんだ？」

野田が銃口をみなに向ける。

千佳は「やめて！」と慌てて叫んだ。

「やめて……ひ、卑怯者っ」

「なんとでもいいな。さあ、早く脱ぐんだよ。へへっ。しっかし、この子は可愛いよなあ。しかもいい身体してる」

「そのウエディングドレスは着たままがいいな。そうだ、こうやって前だけをはだければいい。肩紐がないから簡単だろ。ぼろんとおっぱいだけ出すんだよっ」

佐古が胸のあたりを両手でつかみ、ズリ下げるジェスチャーをすると、男たちがケラケラと笑った。

千佳は唇を嚙みしめた。

（ああ……健児さん。ごめんなさい……）

震える手を背中にまわす。

確かにドレスはストラップレスのビスチェタイプだ。

胸元のラインがハート形の「ハートカット」になっているデザインだから、男たちの言うように前だけをはだけることができる。

背中の硬いホックをひとつずつ外していくと、窮屈だったウエディングドレスのブラカップ部分が緩んでいく。

（くっ……）

前屈みになって、両手でドレスのブラカップを外すと、ストラップのない白いブラジャーに包まれた、たわわなふくらみがあらわになる。

「おお……」

男たちの目は、美しい花嫁のバストに釘づけになった。

ブラジャーはセミロングタイプのしっかりしたもので、大きな双乳を包み込んでいる。ブラはFカップあるのに、乳肉がハミ出しそうな迫力である。

（ああ……そんなに見ないで……）

男たちのいやらしい目が、怖気（おじけ）が立つほど気色が悪い。

「すげえ……」

「うへへっ。爆乳じゃねえかよ。痩せ巨乳ってヤツだな。早くブラを取って生乳を拝ませてくれよ」

テーブルに乗ったまま、裸体を寸評されるのが死ぬほど恥ずかしい。

それでも羞恥に焦がされつつ、先にコルセットを外した。ウエストは五十五センチだから、コルセットがなくても腰はくびれている。

「スタイルいいなあ……」

男たちは、ねっとりした視線で美しい花嫁のヌードを見つめている。

「いい身体をしてるとは思ってたが、これほどとは……花嫁さんよ、バストサイズはどれくらいなんだい？　あとブラジャーのカップも」

佐古の言葉に、千佳は眦（まなじり）を引きつらせる。

「し、知らないわ」

「知らないはずねえだろ。そのウエディングドレスをつくるのにも、いろいろ身体のサイズを計ったはずだぜ。旦那に訊くか、じゃあ」

佐古の銃先が夫の健児に向く。

「ま、待って。は、八十八よ……ブラのサイズはFカップ……」

「Fカップ。ほおお……そりゃグラマーだ」

いっそう男たちの視線がキツくなる。

ごまかすこともできたのだが、とっさには偽りの数字が出てこなかった。本当のバストサイズを答えてしまったことに恥じらいが増す。

「じゃあ、その自慢のおっぱいを見せてくれよ。ブラジャーを外しな」

千佳は狼狽えるも、もう逃げ場はないと観念して両手を背中にまわす。

ホックが外れてブラカップが緩む。

すると手で隠していた双乳があらわになって、ぷるんっと揺れた。

慌てて両手で隠すものの、

「気をつけだよ、両手を下げな」

と、人質を前に恫喝(どうかつ)されては抵抗できない。

千佳はおずおずと両手を下げた。釣り鐘型の美しい乳房が、夫以外の男たちの目にさらされてしまう。

3

(ち、千佳っ……!)

ドアの隙間から覗きながら、愛花は奥歯を嚙みしめた。

結婚式の日に、あろうことかウエディングドレス姿で旦那や両親のいる前でストリップをさせられている。

（きっと新郎や両家の両親の前で、千佳を陵辱するつもりだわ）

そんなことは絶対にさせない。千佳を守りたい。

だが中には敵が六人いる。どうしようかと思案していたときだ。

（ん？）

なんだか背後におぞましい妖気が漂っていると思い振り向いた。

（なっ！）

雪だるまが口にボールギャグを嵌めて、ぴょんぴょん飛んで近づいてきた。

さすがの愛花も狼狽えた。

「か、川辺さんっ？」

川辺は後ろ手に手錠を嵌められ両足も縛られて……だから仕方なく蛙跳びのように両足で跳んできたのだ。

しかもだ。

川辺の上半身はアメリカンポリスの制服、下はすっぽんぽん。

彼が跳ねるたび、皮を被ったピンク色のペニスが、上下にぺちぺち跳ねているので笑いそうになってしまう。

「待ちやがれ」

涙目の川辺を追ってきたのは、確か谷口と呼ばれていた髭の男だ。ズボンの乱れを直しながら向かってくる。

かばいたくないが、仕方なく川辺の前に立つ。

「ミニスカポリスさん、どきな。その男をこっちに渡せ」

「いや、まあ、あげてもいいけどね」

「ムーッ！」

川辺が怒って頭突きしてきた。

「いたっ！　冗談よ、冗談だってば。まったく……なんだっけ、谷口とか言ったわね。悪いけど渡せないわねえ。仲間でも呼ぶ？」

「いいや」

谷口は首を振ると、すっと構えてきた。

（打撃の構えじゃないわね。柔道？）

愛花は警戒した。

この男と、ボス格の男は、おそらく他の連中とは別格の強さだ。

「あら、私と一対一で戦うの？」

「フン……つぇえとは訊いてたけど、どんなもんか試してみてえと思ってた」

「やっぱり狙いは、最初から私たちだったわけね」

その問いには答えず、いきなり谷口が襲いかかってきた。

愛花は右ジャブで牽制したが、その拳(こぶし)を避けられて、ミニスカポリスの衣装の襟(えり)をつかまれた。

(やはり、柔道か柔術)

投げられまいと踏ん張ったときだ。

ふわりと谷口の巨体が浮き、右手を取ったまま両足で愛花の首を挟んできた。

「なっ!」

このままでは立ったまま腕を折られてしまう。愛花は自分から前転した。

タイトミニが大きくまくれて、白いパンティが丸出しになる。

もちろんそんなことにはかまっていられない。逃れようとしたら、床に仰向けにされて、そのまま右手の関節をきめられた。

(なっ、飛びつき腕ひしぎっ)

右肘の骨がギシギシと音を立てる。

「くううっ、こ、これ……」

「へへっ、知らなかっただろ。コマンドサンボだよ。俺はロシアのマフィアにいたんだよ」

「コ、コマンド……あううっ！」

相手を戦闘不能にする軍隊格闘術。実際に使っている相手は初めてだ。

「へへ、まずは利き腕。次は左手と両足だ。だるまにして肉便器にしてやんよ」

恐ろしい言葉を吐かれて愛花は戦慄した。

4

「ヒヒッ、いいおっぱいだなあ、花嫁さん。さあて最後の一枚は、焦らすようにゆっくりとケツを振りながら脱いでくれ」

野田が下でニヤリと笑った。

愛花はキッと睨みつける。

「約束が違うわ。ドレスをまくって、それに、胸も見せたでしょう！」

「そのつもりだったんだけどなあ……そんなにいい身体をしてたら、全部見たくなるのは仕方ねえだろ。この銃は引き金が甘くて押さえてるのが大変なんだぜ」

恫喝しながら、また銃口を人質に近づける。

夫の健児は先ほど殴られて、ぐったりしたまま。千佳の両親は、娘の痴態を見たくないと目をそむけている。夫の両親も同じだ。

（うう……ごめんなさい、あなた、パパ、ママ……）

千佳は唇を嚙みしめつつ、ドレスの裾をまくり両手を中に入れ、先にガーターベルトを外してからストッキングを脱ぎ、純白のパンティに手をかける。

男たちが下から見つめてゴクリと唾を呑む。

（くっ……）

千佳は唇を嚙みしめつつ、ゆっくりと下着を下ろしていく。

「あ……あ……」

あまりの羞恥に、声を漏らさずにはいられない。

膝のあたりに丸まった白いパンティが見えてくると、男たちが「ひゅう」と口笛でからかってくる。

千佳は左足の爪先からパンティ抜き、続いて右足からも抜いた。

ウエディングドレスの下はノーブラノーパンになった。

「テーブルの上で四つん這いになりな。尻をこっちに向けてな」

「い、いい加減に……ッ」

怒りで睨みつけるも銃口を母親のこめかみに近づけられると、顔が強張りもう抵抗もできなくなる。千佳は言われたとおり四つん這いになる。

するとと長身の銃で、ウエディングドレスを腰までまくりあげられた。

白いヒップが丸出しになる。

「きゃあ、ち、千佳ちゃん！」

「あなたたち！　いい加減に、や、やめなさいっ。千佳ちゃんをいじめないで」

「千佳ちゃん！　もういいのよ、逃げて！」

さすがに人質たちも、声を大にして抵抗した。そのときだ。

ガーン！

背後で銃声が鳴り、千佳はハッと振り向いた。

ボス格の梅原という男が発砲したのだ。

「うるせえな。黙って見てな。マジでひとりずつ殺るからな」

「やめて！」

千佳が叫んだ。梅原がフンと鼻で笑う。

「続けな」

言い捨てて、また奥の方に引っ込んでいく。

「へへっ、ウチのボスは気が短けえんだよ」

言いながら、野田が丸出しのヒップを撫でてくる。

だがもう千佳は、抵抗する気もなくなっていた。

「うひょお。いいケツしてんな」

野田が尻割れに顔を近づけたのが、鼻息の荒さでわかった。

「ああ……や、やめて……」

四つん這いのまま弱々しく言うも、先ほどの銃声が頭をよぎり、抵抗できない。

男は千佳の双尻を、手のひらでじっくり撫でまわしてきた。

「くぅぅ……あぁッ……や、やめてっ……もうっ」

「やめてなんて……これからが本番なんだよ。もっとよく見せな」

野田がさらに桃割れに顔を近づけてきた。

ヒップを両手でつかまれて、左右に広げられた。

排泄の穴に息がかかる。

「ああ！」

たまらず尻を振り立てる。

お尻の穴をじっくり見られるなんて、夫にももちろんされたことがない。

「美人は尻穴もキレイなもんだな。ピンク色のシワが可愛いぜ」

野田は夢中になって覗き込んでいた。

キュッと窄まるアヌス。そして肛門から下に可憐な花びらが息づき、うっすらと開いた陰唇からは、鮮やかな紅鮭色の内部がぬめりを見せていた。

5

「おま×こもキレイだなあ。肉ビラも小さくて、色艶もいい」

野田は花嫁のワレ目に顔を近づけて、くんくんと匂いを嗅ぎ、さらに顔を押しつけ、舌でねろねろと舐めてやった。

「あくうう……！　いやぁ」

花嫁は引きつった声をあげ、腰をぶるぶると震わせる。

「これが新妻の味か。酸味がきついな。あんまり男を知らねえみたいだな」

野田のぬめった舌が敏感なワレ目をなぞると、

「ひゃ……！　ああ、だ、だめっ！」

千佳の口から悲鳴が漏れる。

台の上にあげられ、四つん這いを強いられて、まるで見世物のようにされながら身体を弄ばれる。

すさまじい羞恥なのだろう。

花嫁の白い肌はますます上気し、汗でぬめってきた。

(おやあ……可愛い顔に似合わず、勝ち気な女だと思ったが……くくっ、身体の感度はいいらしいな)

野田も女の扱いには慣れている。

ならばと、今度は花嫁を焦らすように、ゆっくりと媚肉を舌でねぶっていく。

「や、やめて……」

丹念に舐めていると、千佳の様子が少しずつ差し迫ったものに変わっていくのを野田は感じとった。さらに上下にワレ目を舐めると、

「ああ……ッ」

千佳の腰がぶるっと震えた。

うつむいているから、四つん這いの尻の方からでも千佳の様子がわかる。

花嫁はギュッと硬く目を閉じて、なにかがせりあがってくるのを払いのけるよ

うに、さかんに顔を振っている。

（ククク……感じてきたみたいだな……）

野田はさらに舌をすぼめて膣穴をくすぐったり、ラヴィアの裏側を指でいじったりしながらドレスの花嫁を責め立てていく。

すると、

「あっ……あっ……」

千佳の震えがひどくなり、首筋や額に若妻の甘酸っぱい汗がにじんできた。

嚙みしばった唇も開いて、ハアアッと熱っぽい吐息が漏れている。

さらにはワレ目に妖しい湿りも感じた。

「へへ、濡れてきたな」

煽ると、花嫁が四つん這いで首だけを向けて、真っ赤な顔で睨んでくる。

「う、ウソよっ。ああ……やめて！」

先ほどまでは強気でいた花嫁が、今にも泣きそうな表情を見せている。

おそらく、自分の身体の変化を感じとったのだろう。

だったらもっと責め立ててやろうと、クリトリスを指でさすってやると、

「ああんっ！」

ふいをつかれたようで、千佳が甘い声をあげる。

人質たちも、清楚で可憐な花嫁の淫らな声に驚いて見つめている。

「いい声で鳴くじゃないか」

指を入れたときだ。

「あ……ああっ……ああんっ」

千佳の口から愛らしい声が漏れて、野田は含み笑いをした。指先には女を発情させるドラッグが塗られていたのだ。

6

膣穴に入れられた男の野太い指が、ぐいと奥までえぐり立ててくる。

「いやっ、ああん……いやっ……」

夫や両親の目の前で、見ず知らずの男に恥ずかしい部分を指でまさぐられている。

泣きそうなくらいの羞恥なのに、膣内を何度もかきまぜられていると、

「あっ……ハァ……ハァ……ああんっ……ああっ……」

甘い声が漏れてしまうのをとめられない。

（ああ、どうして……身体が熱いわ……）

ゆるゆるとまさぐってくる男の指は気持ち悪いのに、次第に子宮が疼いて熱くなってくる。

「ほうら、素直になりな……もうこんなに……」

男は熱いぬめりをすくいとって、千佳の目の前に突き出してきた。

「いやっ！」

千佳は目をそむけてかぶりを振る。

思っていた以上に、男の指がぐっしょり濡れていたのだ。

（そんな……私……）

違うと自分の中で言い聞かせても、膣中の指を出し入れされると、ぬちゃぬちゃと音が響き、媚肉が熱く疼いて全身がとろけていく。

「いや……あぁっ……いやっ……そんな……あああ……」

こらえようにも腰に力が入らずに、いやらしくうねってしまう。

「ああ……アアアッ……や、やめて……もうやめて……！」

なんとか理性で踏みとどまろうとする。

だが身体の奥から湧きあがる熱い疼きに、もう意識が飛びそうだ。

下で夫が、そして両親が見ているとわかっているのに……。

（あぁ、わ、私……もう……）

可愛らしくて清らかな花嫁であった。

なのに今は……。

大きくて黒目がちな、ぱっちりした目が妖しく濡れて、半開きの口からはひっきりなしに喘ぎ声が出てしまっている。

「ククっ、いいぞ、イクんだろ。イケ、ほら」

野田がさらに指の動きを速くする。

「ああん、だめぇぇぇ！」

意識が白濁し、何かが身体の奥で爆発したときだ。

千佳は大きくのけぞり、ガクッ、ガクッ、と激しく腰を弾ませる。

野田が指を抜くと、千佳はがっくりと床に膝をつき、唇を開いて、ハアッ、ハアッと激しく喘いだ。

「おおっ、花嫁さんよ。イッたのか？」

男たちはニヤニヤと笑っている。

「そ、そんな……私は……私は感じてなんか……」

「まだ強情を張るのか？　ならもっと刺激的な体験をさせてやるか。おい、そこのおっさん」

千佳はハッとした。

野田が指差したのは、夫の父親……義父だったのだ。

「な、何を……」

義父が狼狽えている。おとなしくて口数の少ない人だ。だが千佳には義母同様に優しく接してくれる。尊敬できる人だった。

「いいから出てきな。あんた、息子の嫁とヤリたいんだろ？」

男たちが義父を前に連れてきた。義父は首をぶんぶんと横に振る。

「そ、そんなわけ、ありません」

「股間がふくらんでるじゃねえか」

義父が慌てて腰を引いた。

（ウソ……まさか……）

千佳が目を合わせようとしても、義父が目を合わせない。

男たちがケラケラと笑っている。

「へへっ、こりゃあいいな。おい、おっさん。もったいねえけど、俺たちが輪姦する前にヤラしてやるよ。そうだよなあ、こんなに可愛いんだもんな。息子の嫁だっていってもヤリたくなるよなあ」

「そんな！　いやッ！」

男たちの恐ろしい言葉に、千佳は悲鳴をあげてテーブルから慌てて降りた。

「押さえつけろ。強いから気をつけろよ」

男たちが一斉に襲いかかる。

「ぐわっ」

「ぎゃああ」

力を振りしぼって抵抗する。テーブルの上でのイタズラで、体力は消耗しているが、それでもこんな男たちに負けるわけはない。

だが……。

義父に銃口があてられているのを見て、千佳は諦めた。

「へへっ、往生際が悪いぜ」

ウエディングドレスのまま、床に仰向けで押さえつけられた。

「ああ、いやっ……いやっ……！」

夫の前で義父に犯される。

「ゆ、許してっ……それだけは……」

哀願するしかない。だが野田は笑みを浮かべて義父を前に突き出した。

「おっさん、ホントはやりたかったんだろう？　さっさとぶち込みな」

義父が青ざめた顔で見つめてきた。

「お、お義父さまっ……だめっ……」

必死に暴れるも、四人がかりで両手足を押さえられてはどうにもできない。

「おっさんよ、ダメならいいんだぜ。俺たちがヤリまくってやるからな」

若い男はそう言って、乳房を揉みしだき、乳頭部をつまんできた。

さらには脚をつかんでいた男たちが、両足をつかんで強引に左右に開かせてくる。純白のウエディングドレスが腰まで大きくまくれて、恥ずかしい女性器が披露されてしまう。

「ああっ、や、やめて！」

開いた脚の先に義父がいて、目を輝かせて千佳の股間を見つめている。

「いやっ、お義父さまっ。見ないで。見てはいやあッ」

「おっさん、あんたは拳銃で脅されて仕方なく息子の嫁をレイプするんだ。早くチ×ポを出しな」

野田に低い声でささやかれて、義父はうつろな目でズボンのチェックを引き下ろし、肉棒を取り出した。

義父は六十近いのに、取り出したペニスは太くみなぎっている。

そのまま近づいてきた。

「いやっ！　いやですっ！　ああ、お義父さまっ、正気に戻って」

のしかかられて、千佳は必死に抗うも、男たちに両手両足を押さえつけられていては、どうすることもできない。

「や、やめろ！」

「お父さん、やめて」

「千佳っ、千佳！」

義母や父、母が今までになく抵抗してきた。

人質の親類縁者も立ち上がる。

だが……男たちは容赦なかった。

ひとりずつ平手打ちを食らわせる。さらに野田が義母の口に銃先を押し込んで、ニヤニヤ笑った。

「ほら、拳銃をフェラしな。鉛玉を食らわせてやる」

恐ろしい言葉に全員が意気消沈した。

「やめてっ……お願い……」

千佳はすすり泣きながら言うと、野田は顎をしゃくった。

「やるんだよ。息子の嫁とな」

義父が絶望的な目で見つめている。千佳は小さく頷いた。

「す、すまない、千佳さん……許してくれ、仕方ないんだ」

うわごとのように言いながら、義父は千佳のウエディングドレスからこぼれる乳房を揉みしだき、チュウチュウと吸いまくってきた。

「くっ！　あぁっ……あああっ……」

夫の父親にバストを揉まれ、乳首を舐めしゃぶられている。

絶望感と恥辱はひとしおだった。

それでも……。

一度アクメした二十四歳の肉体は、義父の指や舌にも反応してしまう。

（いけない……だめよ、千佳っ！　しっかりして、感じてはだめッ）

そう思って唇を噛みしめるのに、甘い快楽を覚えて、

「あっ……あっ……」

と、うわずった声を漏らし、身体をビクッ、ビクッと震わせてしまう。

もう夫の顔など見られなかった。

義理の父親に犯されて、しかも夫の前で感じてしまっている。

「もっとだよ、ほらキスして気分だしな」

野田が煽ってくる。

「千佳さん、すまない。私を憎んでくれ」

義父が無理矢理に唇を重ねてくる。

唇を奪われて、絶望感が増した。

逃げようとすると、義父は両手で千佳の顔を強くつかみ、生温かい舌までぬるりと差し込んでくる。

「ムーッ！」

舌を絡めとられて、強く吸い上げられる。

「ムウッ……ッ、ウウッ」

息苦しさに、千佳の眉間に悩ましい縦ジワが寄る。

唇が離されたときには、千佳はヨダレまみれの口を半開きにして、ハアハアと色っぽく喘いでしまっている。もう感じてしまって、意識がとろけてきた。

「へへっ、早くぶち込めよ、おっさん」

「ゴム無しで、こんな若くて可愛い花嫁とヤレるんだぜ」

男たちがせき立てる。それに呼応するかのように、義父は肉竿をつかんで腰をこすりつけてきた。

(だ、だめ……だめよ、お義父さま……ああ、でも……)

拒んだら、みんなが殺されてしまう。義父は勃起をこすりつけながらも、

「だめだ、できない」

と首を振っている。

「お義父さま、いいの……そのまま」

千佳は決意をして、義父の勃起をつかんで膣穴に導いた。

「ち、千佳さんっ」

義父が目をつむりながら、正常位で体重をかける。義父の切っ先が押し広げるように入ってきた。

「うっ！　アアアッ」

千佳はのけぞり、両足の爪先を丸めるほど震えた。

涙で前が見えない。

感じたくないのに感じてしまっている。

もしかすると夫より太いのではと思うほど、義父の性器は逞しかった。

(ああ、あなた……！　健児さんっ……！)

夫のことを考えるも、子宮まで届くほどの衝撃で一気に消えた。

義父は遮二無二、腰を使ってくる。

「あっ……あっ……ああんっ」

必死にかぶりを振るのだが、硬くなった肉竿が子宮口を深くえぐってくるたびに、猛烈な快感が全身を貫いてくる。

「へへへ。義理の父親に犯されて、気分が出てきてるじゃん」

「花嫁さんよ。あんた、可愛い顔してかなりの淫乱だな」

押さえつけられている男たちに煽られる。

「違う、違うわ……そんなこと……アアッ！」

否定したいのに、ずんっ、ずんっ、と重いストロークを奥まで浴びせられてしまうと、もう口も聞けなくなり、全身が震える。

「くうっ、くううっ……」

甘い声が漏れてしまいそうで、必死に唇を噛みしめる。

義父との望まぬセックス。なのに、おかしい。身体が尋常でないくらいに熱くなって猛烈に感じてしまっている。

「ああっ……ああっ……あんっ……だめっ……ああんっ」

拒む言葉に、すすり泣きの声が混ざってしまい、千佳はかぶりを振った。

その衝撃に高貴な花嫁の銀色のティアラとベールが外れてしまう。

「千佳さん、すまない」

義父は言いながら、さらに激しく突いてくる。

ぬぷっ、ぬぷっ……と、いやらしい水音が響き渡る。

「いいの、お義父さま、しょうがないの……ああんっ」

望まない性交なのに、なぜか感じてしまっている。それどころか……。

(だめっ、夫の前で義父に犯されてイクなんてだめっ！)

達してしまいそうになった、そのときだった。

チャペルのドアが音を立てて蹴破られた。

ミニスカポリス姿の愛花が、大きな男を引きずってドアの前に立っていた。

7

「千佳……！」

　愛花は一瞬で状況を把握した。

　ウエディングドレスの千佳を犯しているのは、確か旦那の父親……脅されて無理矢理に近親相姦させられているのだろう。

（なんてことを……）

　怒りがアドレナリンを放出させる。

　愛花はぐったりした谷口を放りだして、奪った銃を構えた。

　谷口の関節技から逃れる際に肩の関節を外したから右腕が痺れている。

　だが、今は弱音を吐いている場合ではない。

　チャベルにいる男は六人。

　あのボス格の梅原はいない。まず狙うのは髭面の男ともうひとり。このふたりは銃の経験がありそうだから、早めに倒しておきたい。

「ぐわっ」

「ギャッ」

愛花が銃でふたりの腕を打ち抜いた。

「なっ！　このっ」

花嫁の千佳を押さえつけていた男たち四人が、愛花に銃を放つ。

愛花はとっさに机に隠れて、男たちの銃弾から逃れた。

（やはり、若い男たちは銃は素人ね。これなら四人まとめて……）

愛花は隙を突いて、若い男たちに銃を向けた。

「ぎゃあ」

「いてえっ」

肩や腕を打ち抜かれた男たちが倒れる。人質たちが、男たちの離した銃を奪い取っていた。

「愛花さん！」

千佳も起き上がる。絶望に打ちひしがれていた彼女の義理の父親に千佳は駆け寄っていき、

「お義父さま。ありがとう……ああしなかったら、みんな殺されていたわ。私はお義父さまを恨んだりしない」

「千佳さん……」

彼女の義理の父親を、人質になった人たちがかばっていた。

「許さないっ」

千佳はノーパンノーブラのウエディングドレスのまま、若い男たちに激しい蹴りを食らわせた。残っている男たちが慌てふためいている。

「や、やべっ！　バケもんだこいつら……お、おいっ、梅原さん呼べっ」

男たちが叫んだときだ。

「まったく、俺ばっかり呼ぶな」

いつの間にか、梅原は千佳の背後に現れて、彼女のこめかみに銃を突きつけた。

「フフ、面白い見世物だったがな。まあいい、第二幕だ。来い」

千佳の腕をつかみ、そのまま引っ張っていく。

「千佳！」

「愛花さんっ！」

追いかけようとするも、梅原が銃で威嚇してきた。

「くっ」

梅原は中庭に出るドアを蹴破ると、千佳を連れてそのまま出て行ってしまう。

（まずいっ。やっぱり連中の狙いはフーハンの捜査官たちなのね）

慌てて追いかける。

しかし遅かった。オフロードカーが二台、走っていくのが見えた。

（二台？　まさか……）

戻ってマリを探す。

やはりいなかった。千佳とマリが誘拐されたのだ。

愛花は谷口に近づいて、胸ぐらをつかんだ。

「アジトはどこなの？　千佳とマリをどうするつもり？」

「へへ。知らねえよ。どうせもうすぐサツがくるんだろ？　さっさと俺たちを突き出しな。ちなみにあの若い連中は何も知らねえぜ」

「あなたたちは裏切られたのよ」

しかし、谷口はへらへら笑っているだけだ。何かおかしい。

「あ！　いた！　こんのお」

ポリスの格好の川辺が走ってきて、谷口に馬乗りになりビンタを入れた。体重の乗ったビンタで谷口は伸びてしまう。

「ちょっと。殺さないでよ、気持ちはわかるけど」

「だーめ、あとで殺す。もう少しでウンチできなくなるところだったんだもん」

真顔で言われて、申し訳ないが笑いそうになった。

「それは危機一髪だったわね。ロシアンマフィアは容赦ないわね」

「でも吉川とつながってるって言ってたよ。半グレ連中じゃないの、こいつら」

「え？」

なるほど。吉川もつるんでいるなら、若い男は吉川と同じ半グレの連中なのかもしれない。半グレとロシアンマフィア。接点は？

さてこれからどうやって捕まえるか、頭を悩ませていたときだ。

お尻をやられて怒り心頭の川辺が、スマホを見せてきた。

「愛花さん、頭にきたから、この前つくった小型のGPS、別の男にくっつけておいた。全滅させようよ、全滅」

「え？　ちょっと貸して！」

スマホを奪い取る。地図アプリ上の小さな赤い点が、教会から離れていく。

「ヤルじゃないの！」

「まあね、もう怒った。あいつら二度とウンチできないようにしてやるからね」

川辺が大きな腹をさすって、自慢げに笑った。

第六章　囚われの令夫人

1

「う、ううん……」

文乃はかすかに声を発し、長い睫毛を何度も瞬かせた。

ゆっくりと目を開ける。薄暗い中、大きなライトだけが照っている。コンクリート剝き出しの殺風景な部屋だ。

（あッ……私……）

慌てて手足を動かそうとするも、うまく動かなかった。

（うっ！　な、何……こ、これは……）

まだぼんやりする意識の中、自分の身体の状態を確かめる。

文乃は両手をバンザイさせられ、両脚を左右に開いた無残な格好で、産婦人科の分娩台のような器具にくくりつけられていた。

手首を縛るのは硬い荒縄。

さらに両足は、足台に革ベルトで拘束されている。

しかもだ……

恐ろしいことに着物はおろか、肌襦袢もパンティもすべて剝かれており、白い足袋だけを穿いただけの、生まれたままの姿にされている。

両足はM字に開いたまま固定されており、女の恥部は隠しようもなく丸出しにされていた。

「ムッ……ムウウッ……！」

悲鳴をあげようにも、布を猿轡のようにかませられていて、くぐもった声を漏らすことしかできない。

部屋の天井からは、手術室を思わせる大きなライトがぶらさがり、一糸まとわぬ全裸にされた女の肢体を照らし続けている。

（こ、こんな……私、こんな恥ずかしい格好にされて……）

必死に身体を動かしながら、

「ン、ンムゥゥッ、ンンンッ！」

と、何度助けを求める声をあげようが、唇を割られるように嚙まされた布のせいで声にはならない。

藻掻いても、Gカップの張りのある乳房が揺れるばかりである。

（な、なんてこと……眠っている間に着物を脱がされて、拘束されたのね）

全身、特に下腹部に痛みはなかった。

もしかしたら昏睡レイプをされたのかと思ったが、それはないらしい。

だが……裸にされているということは、辱めを受けてなくとも、意識のない間にイタズラされたことは、充分にあり得るということだ。

（ああっ……）

気恥ずかしさに、文乃は顔を赤らめてかぶりを振る。

女の操を隠そうとしても両足は大きく開かされて、どうにもできなかった。

（私をこんな格好にして……どうするつもりなの……？）

これから男たちによって慰み者にされるのかもしれない。

そうであれば……文乃は自ら舌を噛んで、自害するつもりだった。

三船家の妻であり、武家の末裔でもある文乃。

武家に生まれた女が、夫以外の男に身体を奪われて、誇り高い人妻の操を穢されるようなことがあれば……その覚悟は常にできている。

扉が開いた音がして、見ると男が入ってきた。

「ウフフ、ようやくお目覚めですね、奥さま」

(誰……?)

最初は運転手かと思った。

麻酔薬をしみ込ませたハンカチのようなもので、運転手に鼻と口を塞がれて拉致されたからだ。

しかし違った。身を起こそうと藻掻くが、縄が手首にこすれて痛みが走る。

「キツく縛ったから、逃げるのは無理ですよ。お転婆な奥さまは、もう少しその分娩台でじっとしていてもらいます」

見た目は若いが、物腰がやけに落ち着いている。

男が文乃の猿轡を外した。

ようやく呼吸が自然にできるようになり、文乃は汗ばんで赤くなった顔を歪ませながら、ハアハアと息を喘がせる。

男が不気味に笑う。

「すみませんね、自殺防止用の猿轡です。奥さまは武家の末裔。万が一自害なんてされたらと思いまして」

「ハア……ハア……わ、私のことを、よく知っていらっしゃるようね。あ、あなたはどなたなの」

「ああ、申し遅れました。梅原と言います」

「梅原？」

本名だろうか。目の奥の光が鋭い。ひと目で素人ではないとわかる。

「僕のことはいいでしょう。それより奥さまのことは、よく存じ上げてますよ。三船家当主の妻、三船文乃。三十六歳。ああ、子どもを産んでるんですよね。信じられないな、子どもを産んだ身体とは思えないや……旧姓は蒲生（がもう）文乃。武家の名門、蒲生家の末裔で戦後の内閣をつくったの蒲生実篤（さねあつ）の玄孫（やしゃご）にあたり、さらには旧華族の三船に嫁いだ日本でも指折りのセレブ……」

男は文乃の素性を淡々と語ると、分娩台にくくられて肌を隠すことすらできない文乃の、白い裸体をまじまじと見つめた。

（くっ……）

いやらしい視線にたえきれず、文乃は横を向く。

「ウフフ。高貴な奥さまは、実にいやらしい身体をしてるんですね。おっと、妙なまねはしないでくださいね。美緒さんや岬さんが心配でしょう？」

言われて、キッと睨みつける。

（あそこで岬さんがぼんやりしていたのは、そのせいなのね。美緒もこの人たちの手中にあるの……？）

睨みつけながら、文乃は静かに言う。

「おふたりには手を出さないで」

「奥さまの態度次第ですよ、自害なんかしたら、みんな殺しますからね。それにしても旧華族に嫁いだ奥さまが捜査官をしているなんて……お姫様が下々の者に変装して悪を斬る……時代劇のまねごとですか？」

男の目が下腹の茂みにねばっこく貼りついてくる。

（くっ……なんていやらしい男なの）

文乃は目の下を赤らめ、また顔をそむけた。

「ま、まねごとなんて。本気よ。特にあなたたちのように、女を食い物にするような輩（やから）は許しません」

思わず声がうわずってしまう。

「ウフフ。勝ち気な奥さまですね、こんな格好にされてもそんな台詞を吐けるなんて……」

くくっと笑う男の目が、いやらしく光っていた。

「こんな風に裸にして縛って……い、一体、私たちをどうするおつもりなの？」

「フフッ。いいでしょう、お話ししますよ。風紀犯罪非合法捜査室、通称フーハンはとびきりの美女ぞろい。調教して売り飛ばせば億の値がつきます」

「なんですって！」

恐ろしい言葉に、文乃は目を見開いた。

「ウフフ。武家の血筋を引くセレブ妻。奥さまがフーハンの六人の中で一番いい値がつくかもしれませんねえ」

「な、何をおっしゃってるの……ああ……近づかないで……」

「間近で見てもいい身体をしてますね。ひとりひとり、じっくりと身体を丹念に調べて、立派な牝にしてあげますよ。奥さまはどんな牝がいいかなあ」

男は服を脱ぎ捨てる。醜悪なペニスが鎌首をもたげていた。そのまま分娩台に縛られた文乃の乳房を揉みしだいてくる。

「い、いやっ、触らないでっ！」

男は文乃の静脈の透ける白いふくらみにじっとりと指を這わせ、量感を確かめるように、たぷっ、たぷっ、と左右に寄せたり、揺らしたりする。

「くっ、ううう！」

顔をそむけるが、たわわな乳房のふくらみの頂にある、熟女らしい薄ピンクの乳首をキュッとつまれると、

「ああっ……」

と、狼狽えた声をあげて、腰を大きく跳ねさせてしまう。

（ど、どうして……？）

狼狽えている文乃を尻目に男が笑う。

「奥さま、運転手が会話を聞いてましたよ。奥さまは笑いながら欲求不満気味だって」

アッ……！

その昔、美緒とした何気ない会話。聞かれていたのだ。

「久しぶりなんでしょう？　楽しんでくださいよ」

男が乳輪をなぞるように指先を使ってくる。

「うっ……い、いやっ！」

思わず眉間にシワが寄る。

（反応してはダメッ）

愛する夫の顔を浮かべて、懸命にこらえようとするのだが、男はそれを許さなかった。

「いやと言ってるわりには、感じてるじゃないですか。おやっ、もうこんなに乳首を硬くシコらせて」

「違う、違いますわ……」

かぶりを振り立てるものの、つままれた乳首が熱く疼いている。

男は薄ら笑いを浮かべて、文乃の反応を楽しむように顔を見つめながら、敏感な乳頭を人差し指と親指でこりこりとねじってくる。

「ンンンッ！」

文乃は唇を引き結んで、身体を震わせる。

男はぐりぐりと強く乳首をいじってくるかと思えば、痛みに変わる前に優しくソフトに撫でまわしたりして、微妙に愛撫の調子を変えてくる。

しかもその間、汗ばんだ文乃の首筋にチュッ、チュッとキスをして、舌を耳の穴に入れてくすぐったり、フッと息を吹きかけたりしてくる。

間違いない。この男はかなり女性の扱いに慣れている。

（い、いけない……）

男のたくみな愛撫に、感じた声を出しそうになる。

「いつまでその凛(りん)とした顔を保っていられるかな、楽しみですねえ」

「け、けだものっ……恥を知りなさい、ぶ、無礼なっ」

2

「無礼と言われても、悦んでいるのは奥さまですよ。フフ。武家の血を引くお姫様のような奥さまでも牝ですねえ、可愛いですよ」

「お、おだまりなさいっ……あっ、いやっ」

男が乳頭部に顔を近づけて、むしゃぶりついてきた。

「何をするのっ……アア……や、やめなさいっ……アアア」

なめくじのような舌が、ころころと乳首を舐め転がす。

ヨダレまみれになった薄紅色の乳首をまた指でつままれると、ツーンとするような、痺れるようなむず痒さが縛られた四肢に広がっていく。

(……ああ、いけないわ……久しぶりでも、こんな卑劣な男になんか……)

女として恥ずかしいことをされているのに、信じられないことに全身が熱くなって、疼いてしまっている。

両手を頭上にあげ、さらには大きく股を開かされて足首を革ベルトで固定されている。乳房も、腋の下も、そして女の部分も、すべて隠すこともできずにさらされていて、抗いつつも身体が熱く火照っていくのを抑えられない。

「ウフフ、それでは恥ずかしいところをじっくり見せてもらおうかな」

男が分娩台のスイッチを押す。

足台がさらに大きく左右に開いて大きく位置を変えていく。

「あっ……な、何をっ……」

背もたれが倒れ、M字に開脚されていた膝と足首が、文乃の顔の横の位置まで引っ張られる。

まんぐり返しの格好で、文乃は固定されてしまった。

「いやあああッ……！」

あまりに屈辱的なポーズを強いられて、普段はおしとやかな奥ゆかしいセレブな和風美人も、喉をからすほどに泣き叫んだ。

女のワレ目はもちろん、汚辱の尻穴まで見られてしまっている。

「すごいな……奥さまのおま×こ……形といい色艶といい、品がありますね。実にうまそうで、おキレイです。それにこんなに濡らして」

　小陰唇は子どもを生んだというのに色素の沈着や黒ずみもなく、サーモンピンクの肉ビラが鮮やかだった。

「み、見ないでっ、いや……」

　恥ずかしい。なのに腰が甘く疼き、膣奥から恥ずかしい蜜がじんわりと染み出すのがわかる。

「フフっ。いやだいやだと言いながらもこんなに……」

　男が指をグッと押し込んできた。

「あ！　ああっ、いやあッ」

「この食いしめ方……素晴らしいですね。それよりも、奥さまの価値はこちらでしょうかね」

　男がヒップを撫でてくる。

「九十センチは余裕でありそうですねえ、このおっきなお尻。奥さまの着物の尻に、男たちはみんな、熱い視線を送ってたんですよ」

　ぴたっ、ぴたっ、と尻たぶを叩かれる。

　男は文乃の尻割れに近づくと、左右の尻肉をつかんで、左右に大きく割り広げていく。

「い、いやっ！　よしてっ、そんなところを開かないでッ！」

目もくらむような羞恥だった。

まんぐり返しのまま、お尻を広げられて、排泄の穴をまじまじと見られているのだ。

もう生きた心地もしなかった。

「キレイだなあ、お尻の穴……」

べちょ、と男の舌先が肛門に触れて、文乃はまんぐり返しで折りたたまれたつらい体勢のまま悲鳴を上げた。

「ひぃ！　ああ、いやぁぁぁぁ！　そ、そこは、いやっ！」

舌でねろねろと排泄穴のシワを舐められたかと思えば、ジュルルルと音を立てて吸引された。

さらにだ。

男の舌がニュルリと内部に侵入してくる。

「そんなッ！　ああッ、や、やめてぇ」

さすがの気丈な文乃も、弱音を吐かずにいられない。

排泄をするための熱く湿った粘膜の層が、ぬるぬるとした舌でかきまわされる。

その感覚のおぞましさといったら、表現できぬ醜悪さだ。

文乃は脂汗をじっとりと全身ににじませ、分娩台にくくりつけられた裸体を逃そうと全力で手足を動かして抵抗する。

しかしだ。

手首に巻かれた縄も、両足の革ベルトもしっかりと拘束されていて、どうにも逃れることができない。

(ああ！　こんな……こんなこと……あなたっ……！)

文乃は必死にかぶりを振る。

ねろっ、ねろっ……ぴちゃ、ぴちゃっ……。

身体の震えがとまらなかった。

「ああ、高貴な奥さまのお尻の穴は、こんなピリッとした味なんですね」

男はヨダレまみれの口をいったん離し、せつなげに喘ぐ令夫人の美貌を眺めてから、また再び尻穴を舌で陵辱する。

「う、あぁっ……け、けだものだわ……そ、そんな汚いところを舐めて、何が楽しいのですッ」

「フフ、楽しいですよ。三船家の奥さまのお尻を味わえるなんて光栄ですよ」

ニヤニヤと男が笑う。

「くっ、ひ、卑劣な……こ、殺して……殺しなさいっ！」

男に夫のものである身体を穢されるなど……。

ましてや排泄の穴を性的な欲望に使われるなど、ありえないことだ。

「フフ、誰が殺すもんですか。じっくりと調教して、最高のアヌスプレイが楽しめる奥方にしてあげますよ、身も心もね」

「くうう……私は誇り高い捜査官よ、あなたたちのものになんかならないわ」

「捜査官だから、いいんですよ。武家のお姫様は敏腕捜査官。飼い慣らしてみたい最高の牝じゃないですか」

男は薄ら笑いを浮かべてから、さらに尻奥に舌を伸ばしてくる。

「はぁぁぁぁ！」

身体の奥を舐められるような、むず痒さがたまらない。

排泄の衝動に似た感覚。おかしくなりそうだった。

（こんな……こんなこと……）

おかしい……。

先ほどまで不快にしか感じなかったのに全身が震える。

見世物にされ、調教されて恥辱の排泄穴舐めをされているというのに、今までに感じたことのない身体の痺れはなんなのか……。

（アア、熱いわ……お、お尻の穴が、じくじくと疼いて……）

じれったいほどの長々としたアヌス舐めの愛撫は、文乃が知り得なかった性感を暴き立てるようだった。

（だめっ、だめよ……）

必死に反応しまいとするのだが、男は人妻捜査官の美貌を見すえて、何かに気づいたようにニヤリ笑った。

「奥さま……お尻の穴の良さがわかって気持ちよくなってきたのでは？」

「なっ！　ば、馬鹿なことを、おっしゃらないでっ」

しかし、男は丹念なアヌス舐めをしながら確信したように頷いて、指でクリトリスを撫でまわしてきた。

「ああんッ」

快美が弾け、文乃は甘い声を漏らして、まんぐり返しの裸体を震わせた。

「ほうら、身体が敏感になってる。アナル舐めの成果ですよ。もう奥さまは、お尻プレイの虜でしょう」

　不気味なことを男は口にする。

　違うわ……と、胸の内で否定するも、さらにクリトリスとお尻を同時に攻められると、

「はあああっ……ひっ、ひぃぅぅ……ああんっ……だ、だめぇ……」

　あらぬ声をあげて、縛られた裸体をガクガクと震わせてしまうのだ。

（あぅぅぅ、し、子宮が……ああんっ……とろけてしまいそうっ……）

　次第に意識がぼんやりし、身体に力が入らなくなっていく。

　白い肌はすっかりとピンクに上気し、女の発情した匂いをムンムンに漂わせてしまっていた。

3

「そろそろ、欲しいんじゃないですか？」

　梅原がそそり勃つ肉棒を手でシゴきながら、まんぐり返しで固定された令夫人に近づいてくる。

文乃はハッと意識を戻した。

「だ、だめっ……それだけは……私には、夫が、夫がいるのよっ」

「そんなに焦らなくてもいいですよ。僕がいただきたいのは、奥さまの後の処女穴です」

文乃は目を見開いた。

「お、お尻……お尻ですって……！」

「アナルファックですよ。フフ、もう充分にほぐれているから、僕の太いのも奥さまの肛門で咥えられますよ、前はとっておけって命令ですので」

ニヤニヤ笑い、男が尻割れに剛直の先を近づけてくる。

「いやっ！　お尻でなんて……け、けだものよっ」

文乃は挿入だけは逃れようと、尻を振り立てる。

「や、やめてぇ！　いやっ、いやですッ」

「奥さま、力を抜かないと切れてしまいますよ」

ドス黒い剛直が禁断の窄まりに触れた瞬間、男は容赦なく腰を沈めてくる。

「んんんんッ！」

ひときわ激しい呻き声をあげ、文乃は縛られた裸身を強張らせた。

ズブズブとをえぐり抜いてくる灼熱の肉棹。

お尻の穴を強引に押し広げられて、目もくらむ痛みと衝撃に、文乃は呼吸すらままならなくなり、拘束された裸身をブルブルと震わせる。

排泄するはずの小さな穴が無理矢理に広げられていく感覚は、今まで経験したことのないすさまじさであった。

（アアアアッ！）

文乃は目を大きく見開いて、背をしならせる。だが休む間もなく根元まで深々と突き刺さされると、

「ああんッ！」

文乃は気持ちとは裏腹に、甘い声をあげてしまった。

「僕の太いのが根元まで入るなんて、さすが奥さま、見事なお尻だ。たまんないですよ、括約筋の締めつけもいい」

男は肉竿を腸に馴染ませるように腰を旋回させつつ、密着させた腰を揺すりはじめる。

「あっ、あっ……いやっ……そんなッ」

たまらず文乃は声を震わせる。

男の性器が肛門を押し広げながら、ゆっくりと出入りしている。

カリの部分が直腸のひだを何度もこする。お尻がおかしくなりそうだった。

「ああ……や、やめてっ……ううっ……あうう……」

死にたいほどいやなのに……だが、狂おしい便意の苦痛と快楽で、もう理性ではどうにもならないほどに意識がとろけていってしまう。

「あぁッ……ううん……はぁあッ」

いやなのに、おぞましいのに、文乃の声に湿った女の音色が混じりはじめる。

「色っぽい顔だ。いやいやと言いながらも、いやおうなく感じてしまう人妻の顔がたまりませんねえ」

男はうわずった声を漏らし、ますます剛直の出入りを速くする。

「ああ、だめっ……ああんっ……」

「もっとですよ。自分からもいやらしく腰を振るんですよ」

「そ、そんなこと……いやっ、いやああ……」

すすり泣くも、分娩台がきしむほどの激しい突き入れに、文乃はたちまち尻をくねらせてしまう。

（だめ……だめなのに……どうしてっ、どうしてなの……）

肉体が言うことをきかなかった。

排泄穴を犯されて、乳首にむしゃぶりつかれ、甘くせつない刺激が身体を貫いて、子宮の疼きがとまらなくなっていく。

「あう、た、たまりませんわ！」

文乃はついにせがむように腰を振りはじめた。

男の顔が近づいてくる。唇をかわすこともできず、舌を絡めとられて、ぬちゃぬちゃと唾液の音がしたたっていく。

「んん……んふんっ……」

激しく突き入れられながらの濃厚なディープキス。令夫人の頭は次第に痺れていく。

男がさらに腰を使うと、

「いいッ！　ああん、いいっ！　いいわっ！」

めくるめくヒップでの快楽に、令夫人はいよいよキスもできなくなって、悦びの声をあげてしまう。

「ひいいっ……ああっ……もうっ……もう……」

「イクんですか？　奥さま」

肛門の奥までをえぐりながら、男が文乃の肉体の変化を感じとったようで、ずばりと訊いてきた。

「イクなんてっ……いやっ、あぁっ、あううん」

「フフ、イクときは教えてください。たっぷりと奥さまのお尻の穴に注いでさしあげますから、お尻でイキますと言うんですよ」

「そんなっ……はああ！　イクッ、イ、イキますっ……文乃は……ああん、お、お尻でイキますわっ」

強烈な便意にさいなまれながら、太くて熱い逞しいものでお尻を犯された。

視界がとろとろにとろけて何も考えられないほど、幸福感に満たされていく。

「フフ、これで五人目、完了だ」

すでに強烈な喜悦の波に流された文乃は、男の不穏な言葉にすら、反応できなくなっていた。

どくどくと尻穴に注がれた熱い子種を愛しいとすら思ってしまうほどに……。

第七章　恥辱の調教オークション

1

「ぎゃあ！　し、知らないっすよ」

渋谷のクラブの入り口には、人が集まってきていた。

胸の谷間を露出したVネックニットに、パンティの見えそうな超ミニのデニムショートパンツ、金髪に小麦色の肌、メイクは濃いがかなりの美女である。

そんなギャルが、道端でヤクザじみた男をいきなりぶっとばしたのだから、人々がざわつくのも当然だった。

「ウソおっしゃい！　吉川とつるんでるあなたが、知らないわけないでしょう」

愛花は男に馬乗りになり、男の服をつかんで上体を無理矢理に引き起こす。

「ホントに知らないんですってば……」

男はぐったりしつつも、愛花の深い胸の谷間に目を寄せる。

「いいわよ、吉川の居所を教えてくれたら、一発ヤラせてあげる」

「ホントっすか！　あいつは歌舞伎町かな。持ってるバーがあるから」

「そこはもう行ったわ、残念っ」

愛花は男にバイバイと手を振ってから、深夜の渋谷の町を歩きながら考える。

フーハンのみんなはどこに監禁されている？　牧田からの連絡では、千佳とマリだけでなく、岬も美緒も文乃も音信不通だ。考えたくないが、五人ともが捕まった可能性もある。

（どうしてフーハンを狙うの？　しかもこんな面倒くさい手で……）

考えていると、

「愛花さーん、持ってきたよ」

川辺がバックパックを持ってきた。中に銃が入っている。

ずっしりと重い。何丁かある。これなら戦えそうだ。

「ありがと」

「しかし、どこにいったのかなあ」

川辺が呑気に紙ストローで、シェイクをチュウチュウと吸いはじめた。

どうも紙ストローは吸いにくいらしく、諦めて紙ストローをむしゃむしゃ食べてから、蓋を開けてシェイクを喉に流し込んでいく。

「あのね、あなたのＧＰＳがもっと高性能だったら……」

「だってえ、フーハンは予算がないんだもの」

川辺がＧＰＳを籠城男につけたのはファインプレイだったが、あいにく電波を拾う範囲が狭くて、二百メートル以内ではないと無理らしい。

だが東京にいることは間違いない。とにかく車を乗り回して電波を拾おうと探し回っていたら、もう深夜になってしまったのだった。

ふたりで車に乗り込んだそのとき、スマホが鳴った。

牧田からである。

愛花はオフロードカーで夜の町を走らせながら、スマホをスピーカーにする。

「何かわかった？」

「おう。あのな、吉川じゃないぞ、ホントの黒幕は汐川議員だ」

「は？」

牧田の言葉が咀嚼できなかった。

「何を言ってるの。吉川の父親と汐川議員は犬猿の仲。吉川みたいな半グレ二世を一番嫌ってるし……それに汐川さんはフーハンの最大の支援者じゃないの」

「だがな、ＳＭクラブで……おっと、げほっ、げほっ……あのさ、大室由里子っているだろう、汐川議員の取り巻きの、あの人からの情報さ」

どうやって情報を得たのか？　細かいことは聞かないでおこう。

とにかく牧田は顔が広い。ナニもデカいらしいが。

「それ、信用できるの？」

「できるさ。縄で縛られて、浣腸までされて得た情報だぞ」

くらっ、とした。横の助手席にいる川辺を、ちらっと見てしまう。

(世の中広いわ……物好きも多い)

まあ性嗜好の話はいいとして、問題は汐川……。

「どうして汐川さんがフーハンを狙うのよ。やたらと手の込んだやり方で」

「それはわからん。だが吉川に指示してるのは確かだ」

「じゃあ、どこにいるの？」

「それもわからん……大室由里子も、この前のロイボのパーティー以来、汐川さんには会っていないそうだ」

「ロイボ、確か銀座店よね」

ちょうど今、銀座方面を走っている。

ロイボ銀座店に行ってみようと、角を曲がりしばらく走っていると、

「あっ！　電波拾った」

川辺がスマホを見せてきた。

車を停めて愛花も画面を見る。

「どうした？」

牧田が電話で訊いてくる。

「GPSよ。川辺さんが籠城男にくっつけたGPSが、ロイボ銀座店で点滅してる。ねえ、今から警察に突入させて」

「あほか。世界的なブランドだぞ。国際問題になる」

「なってもやるのよ」

「じゃあ一発ヤラ……」

スマホを切った。川辺が横でどや顔をしてくる。

まったく、フーハンはろくでもない男ばっかりだけど、頼りにはなるのよね。

2

薄暗い大きなステージにスポットライトが灯る。

ＭＣの久保がマイクで喋りはじめた。

「お待たせいたしました。予告いたしましたとおり、本日はスペシャルデイとなっております。おそらくこのオークションが始まって以来のレアものばかり。人気モデル、女優、タレントたちも出品されましたが、価値はそれより上かと」

場内がどよめいた。

（へへっ、いくらになるんだろうなあ）

ホール内の端の方に座る吉川は、ニヤニヤしながらそのときを待った。

今回の買い手は日本人だけではない。

外国人相手の売春組織だ。警察もおいそれと手を出せない、政治家も絡んだ人身売買ビジネスになる。

「ようやくくっすねえ。この女たち、マジでつええし、度胸もあるから一時はどうなるかって、ひやひやもんでしたよ」

背後から声をかけてきた男がいた。

兼定だ。

「谷口さんが、やられたんだろ」

「ええ。あの神崎愛花ってヤツは、相当ヤバいっいよ。噂以上だ。軍隊経験のあるロシアンマフィアにいた日本人すら余裕でやっつけちまう。なんでフーハンなんかで囮捜査やっててんのかわかんねえくらい。化け物じみてますよ」

「あの女は相当ヤバいらしいな。あとでなんとかしねえと」

「しかし、あれで全員人妻とはねえ。あ、ひとり違うか」

「あの可愛いオトコだろ。あれもマニアには高く売れるぜ。今日の客の熱気なら五人で十億いくかもな」

ふたりでウヒヒと笑う。

久保が挨拶の口上を終える。

スポットライトが切り替わり、ステージの右端を照らした。

「ンウンッ！」

筒状の猿轡を嵌められ、両手を天井から垂れた鎖に繋がれて真っ直ぐ吊られているる女がライトを浴びている。可愛いアイドルのような容姿だ。

女の白い肌を隠しているのは、カップ部分がくりぬかれたブラジャーと、女の部分をぎりぎり隠している股布の小さなパンティというセクシーな格好だ。

これなら素っ裸の方がマシだと思えるほどの破廉恥な下着姿をさせられ、両手を上にして天井の鎖に、そして両脚は大きく開かされて床に拘束されている。

「ンウッ、ンンッ」

女は真っ赤になってかぶりを振り立てている。

「野崎岬、二十九歳の結婚四年目の人妻です。子どもはおりません。捜査官としては主に情報収集係。ですが童顔ですので、高校生に化けて未成年の働く風俗店に潜入捜査するなど前線でも活躍しています」

「ンウウ……」

岬のくりっとした大きな目が、羞恥に歪んでいる。

背中までのさらさらの黒髪や目鼻立ちの美しさもあって、愛らしい日本人形のようだ。

「バスト八十六、ウエスト五十七、ヒップ八十八。こちらはもうかなり調教が進んでおりまして……」

久保が岬の口枷(くちかせ)を外してやり、ヒップを撫でると、

「ああんっ」

と、色っぽい吐息を吐いて、久保にすがるような目を向ける。

「もう完全に色狂いにされてるな、あれ」

吉川が硬くなった股間をさすりながら言う。

「あのドラッグを使って、だいぶいたぶりましたからね。今はもう触られただけでアソコを濡らすようになってるはずっすよ」

兼定の言うとおり、ちょっと愛撫しただけで岬のピンク色の乳首はもうピンピンで、白いパンティのクロッチに舟形のシミが浮き出ている。

3

いったんライトが消えた。

今度は岬の隣の女に、スポットライトが当てられる。

観客たちのざわめきが一気に大きくなった。ハーフの美少女らしき容姿だ。

岬と同じように人型に吊され、口枷を嵌められてる。

背中まで伸びたブロンドの髪。

透き通るように白い肌に切れ長の目、そして澄んだ青い瞳。まるで西洋人形のような美少女で神々しいほどの美しさである。

「次はマリ・あやみ・ターナソン。北欧と日本のハーフ。二十四歳。そして、ごらんのとおり、美少女というか美少年です」

観客の声が一層大きくなる。

マリは胸当てのフリルつきランジェリーと、女性用のパンティを穿かされているが、ペニスバンドがついており、それがなければ完璧に北欧ハーフの美少女なのだ。

「すげえな、あれがオトコかよ」

吉川が感嘆した。

「マジで性癖が歪みますよ」

兼近が笑う。

そちらの気はない吉川でも、見ていると勃起するのだから、ロリコンやショタ好きのじじいなんかには最高の獲物だろう。

久保がマリの口枷を取ってやる。

「けほっ、けほっ、ボ、ボクをどうするつもりっ」

青い瞳で勝ち気に観客たちを睨みつけるも、薄暗い中に座る観客たちは余計に色めき立つ。

「ほお。女みたいな可愛い声だねえ、ボクだって」

観客が煽るのをマリは口惜しそうに見つめている。

「こちらはまだ調教はしておりませんので、取り扱い注意の商品です。こんな美少女みたいな顔でも、格闘には長けております。ですが……」

久保の指が、マリのTバックパンティの布地の中に潜ると、

「あっ！　い、いやっ！」

マリは甘い声を漏らして、腰をブルブルと震わせる。

「こちらの穴はもう姦通ずみですので、すぐお使いになれます。正真正銘のオトコでしたが、男にレイプされた経験から、女らしい官能美あふれる反応を見せるようになっております。ノーマルな方でも楽しめると思いますよ」

久保がマリのアヌスで指を前後させると、

「ああんっ……や、やめて、もう、そこはいやっ！」

と、悲鳴をあげて、ガクッと弛緩（しかん）してしまう。

4

次のスポットライト。

同じように人の字に吊られ、口枷を嵌められた女性は、他のふたりより背が高く、すらりとしてるがムッチリと肉感的だ。

ふんわりした栗毛のセミロングに切れ長の目。ツンとした高い鼻筋に薄く上品な唇が、いかにも高めの女である装いだ。

「お、おい……その女はたしか新宿北署の……」

観客のひとりが驚いた声を出す。

「正解です。新宿北署のクールビューティーな刑事と、少し前に話題になった桜田美緒。今はフーハンに捜査官として配属。結婚歴は六年。子どもを欲しがっている様子で、お買い上げになったお客様は種付けして孕ませてやると悦びます」

「おお」という観客の声が聞こえた。

「むううう！」

美緒が切れ長の目で、ＭＣの久保を睨みつける。

白いブラウスの中はノーブラのようで、かなりの巨乳らしく、ゆっさと揺れて観客たちの目を楽しませている。

「おい、どうしてあの女だけ服を着てるんだ？」

吉川が兼定に訊く。

「余興らしいですよ」

兼定がニヤリ笑って答える。

ステージの久保が説明を続ける。

「四十二歳の美熟女ですが、身体のハリも申し分ありません。こちらも調教はまだでございますが、わざとしておりません。高飛車な女を屈服させてみたい、というお問い合わせが多いものでして」

久保が続ける。

「九十センチGカップ、ウエスト六十一、ヒップ九十のなかなかのゴージャスボディですが、どうして服を着ているのかというと……」

久保が近づき、美緒の白いブラウスのボタンを外していく。

「ンンッ！　ンンッ」

ブラウスの前を開けば、たわわなバストがたゆんと揺れてあらわになる。

九十センチのバストは、その圧倒的な大きさにもかかわらず、わずかに垂れているだけでキレイな形をしている。

「ンンンッ！」

美緒はくぐもった声を漏らして、吊られた身体を不自由に揺すり立てる。

さらにスカートも下ろされ、ノーパンの下腹部もさらけ出されると、美緒は真っ赤になって腰をくねらせた。

「このようにクールビューティーな高飛車女は、人前で嬲られると悦ぶマゾでございますので、どうぞお買い求めの際は人前で存分に可愛がってください」

5

観客たちのざわめきの中。

隣の女が交代でスポットライトを浴びる。

今度は小柄なショートヘアだが……ウエディングドレスを着たまま、同じように天井から伸びた鎖に吊されていた。

しかしだ。

ドレスの胸の部分はくりぬかれて、美しい乳房をさらけ出し、広がった裾は大きくスリットが入ったように切り裂かれており、太ももはおろか、女性の恥ずかしい部分まで見えてしまっているという無残な格好だった。

「ンンッ……うんん……」

大きくて黒目がちなぱっちり目は、ちょっとタレ目がちで、ぷくっとした唇とともに、岬よりもさらに童顔の可愛い系である。

口を箝口(かんこう)具で塞がれているから目元が強調されて、無残な格好で吊されている女の被虐美をムンムンと発していた。

「皆藤千佳。二十四歳。元捜査官。このウエディングドレス姿から察していただけるように正真正銘の花嫁で、本日、式を挙げていた途中でした」

観客がざわついた。

「本物の花嫁か……」

「新婚初夜が今日ってわけか……」

観客のざわめきの中、久保が千佳の口枷を外す。

「ハア……ハア……ああんっ、ゆ、許してっ……お願い」

千佳が太ももをもじもじさせている。久保がニヤリ笑う。

「こちらの商品は今、まさに調教中でございます」

久保がリモコンのようなものを取り出した。つまみを右にまわすと、

「ああんッ……アア……ひぃ！　うぅん……ああん」

千佳の美貌がピンク色に染まり、細眉をハの字にした悩ましい表情になる。

「いやっ、もういやぁぁ……」

ドレスの花嫁は脚をガクガクさせながら、脂汗をにじませる。

久保がマイクを千佳の恥部に近づけると、
ウインウインという機械音が、スピーカーから聞こえてきた。

「この牝の中にバイブレーターを入れております。人妻ではありますが経験は少なめ。お客様好みの性嗜好を植えつけさせるのも楽しいかと思われます」

6

最後です、と久保が言い、スポットライトが白い襦袢だけを身につけた女性を照らしていた。

長い睫毛に形のよいアーモンドアイ。

目尻がちょっとタレ目がちで、それが包み込むような母性を感じさせて優しげで落ち着いた雰囲気を醸し出している。

黒髪を後ろで結わえ、後れ毛のある白いうなじからは、ムンムンとした人妻の色香を漂わせている。

気品を感じさせる和風美人の登場に、観客たちはざわざわと騒ぎはじめる。ところがだ。そのざわめきの内容が少しずつ変わってきた。

「おい、あれは……」

「三船家の奥さんじゃないのか」

さすが富豪たちだ。

旧華族の三船家のことは当然ながら知っているようだ。

「さすがお目が高い。最後の商品は三船文乃。ご存じの通り、三船家当主の奥方でございます」

暗い中にいる観客席から、今日一番のどよめきが起こった。

パーティーなどで見かけたことのある、令夫人の美しさといったら……これが本物の名家の奥方なのかと、観客たちはみな文乃の虜になってしまっていた。

優しげな雰囲気とは裏腹に、文乃の着物の尻のなんとエロティックだったことか。むせかえるような色香を放つセレブな人妻の大きなお尻に、年甲斐もなく欲情してしまった男は数知れず。

そんな手の届かない奥方が今、白い襦袢一枚という扇情的な格好にされ、口枷を嵌められて両手両足を拘束され、吊されているのだ。

「だ、大丈夫なのか、蒲生家の末裔を誘拐なんかして」

「三船の奥方だぞ。もしバレたら……」

「ご安心ください。わが組織も政治ルートを持っております。警察が血眼になって捜そうとも、けして表に出すことはございません。お客様がみせびらかすようなことを避けていただけば、バレることなく高貴な奥さまを好き放題、楽しんでいただけます」

久保の言葉に、口枷を嵌められた文乃は、

「ううっ、むうう……」

と、せつなげにすすり泣きをしてしまう。

「武家のお姫様ですので、辱められれば自ら命を絶つことも厭わない高貴さを持っております。くれぐれも調教が終わるまでは口枷を嵌めたままで」

言われて、観客たちからため息が漏れる。

それほどまでに誇り高き操を、この手で味わってみたいとの欲求だ。

「三十六歳、小学生の息子がいる人妻ですが、とても子どもを産んだとも思えぬプロポーションをしております。九十センチGカップバストも素晴らしいですが、ウエスト六十センチでヒップが九十二センチ、しかもアヌスはすでに調教済みでございます。なにせこの奥方のお尻はあまりに魅力的ですので」

久保は文乃を強引に回転させ、肌襦袢を剝ぎ取った。

おおっ……。

ため息が出るほどの、真っ白い豊かな尻たぶに、男たちの熱い視線が突き刺さっていく。

いったんステージの照明が消え、そして明るくなった。

鎖に繫がれ、さらに両脚は大きく開かされて床に拘束されている五人の美女。しかも捜査官という聖職に携わる、誇り高い女たちだ。

「それでは手始めに、気をやるところをご披露しましょう。五人とも素晴らしく感じやすい牝たちですので、色っぽい姿を見せてくれます」

久保が口上を述べると、サングラス姿で短パン一枚の五人の男たちがステージにあがり、それぞれの女の前にしゃがみ、漆黒の草むらを指でかき分けて、亀裂に指を這わせていく。

「あっ……」

岬は腰をビクッと震わせた。

男の指が陰唇を開き、ピンクの粘膜をまさぐってきたからだ。

「ああっ……いやっ！」

「や、やめてっ！」

「ムゥッ！　ウウッ！」

岬だけは調教済みなので、甘ったるい声を漏らして腰をくねらせるが、その他はまだ調教が済んでおらず、愛撫から逃れようと必死に人型に吊られた身体を揺らして抵抗する。

しかし、何度かアクメさせられて燃え広がった肉体に、セックスに長けた男たちの愛撫は効果てきめんだ。

時間をかけて捜査官たちの身体を丁寧にまさぐっていくと、

「いやぁ……うう……ううう」

次第にせつないすすり泣きの声を漏らすものがあれば、

「あ、あぅぅん……」

と、甘い声を漏らしはじめてしまうものもいる。

「くぅぅぅ……はあ、ああ、アアアッ！」

そうして五人の美しい捜査官は、汗ばんだ美貌をつらそうに歪ませつつ、最後には縛られた肉体をなんとも色っぽくくねらせてしまうのだ。

7

そのときだった。

いきなりスモークのような煙がまかれて、ホールが真っ白になる。

「うわっ、なんだ」

「テロか？」

観客とスタッフが慌てふためく。

「みなさま、落ち着いてください。どうか落ち着いて」

久保が必死に声をあげるが、欲にまみれた富豪たちだ。我先にと逃げようとするのでホールは大パニックになった。

「おい、どうなってる！」

吉川が怒鳴った。

「催涙弾みたいっすね。やばいっ！　煙を吸い込んだら……」

兼定は慌てて鼻と口を塞ぐが、もう遅かった。手足が痺れてきて……。

「どう？　僕がつくったドラッグ入り催涙弾は、あんたたちのドラッグをミスト状にしたんだよーん」

目の前に現れたずんぐりむっくりした男に、兼定は股間を思いきり蹴り上げられた。

「ぐううっ！」

兼定が崩れ落ちる。男はガスマスクをして、しゅこーしゅこーと音を立てていて、なんとも不思議な生き物のような雰囲気だ。

「な、なんだおまえは……」

「なんでもいいよ。さあて二度とウンチできないようにしてやるから」

男が手にしていたのは、極太のディルドだった。吉川は兼定を置いて、あわてて逃げ出した。

愛花はホールの上にあるＶＩＰルームに向かっていた。

そこからはステージが眺められる特等席だ。牧田の情報が正しければ、そこに汐川がいるはずである。

だが……階段を上がろうとしたところに、迷彩服を着た梅原がいた。

「またあんたね」

愛花がため息をつく。

「また、は心外だなあ。それにしてもつええな。見張りも全部ぶっ倒すし。銃は無しだ。素手喧嘩（すてごろ）でいこうぜ」

梅原がかまえる。

谷口と同じような構え。やはりコマンドサンボなのだろう。

「どうして男って、強くなるとロマンみたいの求めるのかしらね」

「フフ……女も同じじゃねえのか？」

梅原が襲いかかってきて、谷口と同じように右腕を取って、愛花の首を脚で挟もうとする。

「その手はきかないわよ」

絞められようとした瞬間、愛花は右腕を強引に持ち上げて、そのまま梅原の身体ごと床に叩きつけた。

「ぐおっ！」

梅原は腰と頭を硬い床にぶつけて大の字になった。

「ウソだろ……ば、化け物か……片手で男を持ち上げるなんて……」

「私、腕相撲は負けたことないのよね。骨が太いのかしら」

そう言って、愛花は梅原が完全に伸びたのを確認してから、ＶＩＰルームのドアを蹴破った。

やはりだ。

牧田の情報は正しかった。

吉川と汐川が逃げようとしていた。

「やっぱりグルなのね……汐川さん、どうしてっ」

汐川がウフフ、と笑った。

「だって……拓也は私の息子なんだもん」

「え？」

驚愕した。

息子？　かたや人権保護やジェンダー問題に取り組む優秀な議員で、かたや父親の肩書きを利用して悪事を重ねる男である。

「でも、吉川の父親とは犬猿の仲って……」

「表向きはね。そうやって芝居してる方が、いろいろラクなのよ」

吉川が殴りかかってきた。

だが愛花はすぐに手を取って、ひねりあげる。

「いたたたたッ」

吉川が悲鳴をあげる。愛花は汐川を真っ直ぐに見つめた。

「どうしてこんなこと……こいつらアングラＡＶに人身売買してるのに」

「ＡＶなんか最低よ。業界ごとつぶせばキレイになるでしょう。ＡＶ女優がアイドルみたいにちやほやされるなんて虫唾が走るのよ。教育上よくないわ」

なるほど、と愛花は思った。

歪んだ正義。自分が嫌いな物は排除する傲慢さ。

「フーハンを潰そうとしたのはわからないわ」

「あら、ウチの息子を蹴ったのよ。お仕置きが必要だわ。だから、あなたたちのひとりひとり調べて、できるだけ屈辱を味わわせてから捕まえてあげたのよ」

「あのドラッグは？」

訊くと「ほほほ」と汐川が不気味に笑う。

「私、警察にもパイプがあるのよ。押収品なんて簡単に手に入るわ。それにイタリアやロシアのルートも全部持ってる。どう？」

なるほど。谷口たちが、警察が来るとわかっていても、へらへらしていた理由がわかった。あとで釈放されると踏んでいたのだ。

それに半グレとロシアンマフィアのつながりも理解できた。

「あんた……たったそれだけでこんな犯罪を。でも観念したのかしら？　ずいぶんとべらべら喋ってくれるじゃない」

「あら、私は捕まらないわよ。日本の警察なんかに」

汐川と吉川が不敵に笑う。どうやら捕まらない自信があるらしい。

まったく、変人に権力なんて持たせるとろくなことがない。

「なるほどねえ。反省ゼロ。じゃあ気兼ねなくお仕置きできるわ」

愛花が顎をしゃくる。純也と極太のディルドを持った川辺が入ってきた。

「いいわよ、純也くん、川辺さん、存分にやっちゃって」

「い、いいんすか？」

「言わなくてもやるよ。全滅だもーん」

純也が汐川に、川辺が吉川に襲いかかった。

「ちょっと、な、何を考えてるの！」

汐川の顔色が変わった。

「だって、捕まえられないんでしょう？　代わりに死ぬほど可愛がってあげるわよ。あなたたちのドラッグでね。あとで訴えてもいいけど、フーハンは日本には存在しない組織なの。あんま甘くみないでよねえ。とりあえず岬やマリ、美緒さんや文乃さんや千佳の分、最低五発はヤラれてね」

ＶＩＰルームの断末魔は、それから小一時間も鳴り止まなかった。


（了）

＊この物語はフィクションです。同一名称の固有名詞等があった場合でも、実在する人物や団体とは一切関係ありません。

イースト・プレス
悦文庫

人妻囮捜査官

桜井真琴（さくらい まこと）

２０２３年３月22日　第１刷発行

企　画　松村由貴（大航海）
発行人　永田和泉
発行所　株式会社　イースト・プレス
〒１０１-００５１
東京都千代田区神田神保町２-４-７久月神田ビル
電　話　０３-５２１３-４７００
ＦＡＸ　０３-５２１３-４７０１
https://www.eastpress.co.jp

印刷製本　中央精版印刷株式会社
ブックデザイン　後田泰輔（desmo）

ISBN978-4-7816-2178-4 C0193